EL POZO DETRÁS DE LA PUERTA

JOSEP SAMPERE

EL
POZO
DETRÁS DE LA
PUERTA

ANAYA

Título original: El pou darrere la porta

1.ª edición: octubre de 2015
6.ª edición: enero de 2025

© Josep Sampere, 2009, 2015
© Editorial Barcanova, 2009
© De la ilustración de cubierta: Eva Vázquez, 2015
© Grupo Anaya, S.A., 2015
Valentín Beato, 21. 28037 Madrid
www.anayainfantilyjuvenil.com

ISBN: 978-84-678-7179-1
Depósito legal: M-21098-2015
Impreso en España - Printed in Spain

Reservados todos los derechos. El contenido de esta obra está protegido por la Ley, que establece penas de prisión y/o multas, además de las correspondientes indemnizaciones por daños y perjuicios, para quienes reprodujeren, plagiaren, distribuyeren o comunicaren públicamente, en todo o en parte, una obra literaria, artística o científica, o su transformación, interpretación o ejecución artística fijada en cualquier tipo de soporte o comunicada a través de cualquier medio, sin la preceptiva autorización.

A Núria, por acompañarme siempre hasta el final

PRIMERO

El ascensor se detuvo en el piso dieciocho, aunque Álex iba al veinte. No era la primera vez que ocurría, ni la segunda. Era, en concreto, la tercera.

Álex se miró en el espejo lleno de huellas dactilares de la cabina. Frunció el ceño con aire teatral, como si estuviera profundamente desconcertado. Luego alargó el dedo y apretó varias veces el botón del piso veinte.

El ascensor no dio señales de vida.

«¿No dicen que a la tercera va la vencida?», pensó, enojado.

Se ajustó la bolsa que llevaba en bandolera, repleta de libros de la biblioteca, y salió del ascensor con un exagerado caminar, como si se dispusiera a emprender la escalada de una montaña.

En el rellano, frente a la entrada del dieciocho B, encontró a una chica. Aparentaba unos dieciséis años, la misma edad que él.

Había dejado la puerta entreabierta, y del fondo del piso llegaba amortiguado el jaleo del televisor.

—Hola —dijo Álex, al pasar por delante. Se habían cruzado en varias ocasiones, pero no habían hablado nunca. De hecho, no había cambiado una sola palabra con el noventa por ciento de los vecinos que habitaban aquel rascacielos único e irrepetible. Era una rareza arquitectónica que quebraba la silueta uniforme de la ciudad, como un gigante de circo rodeado de enanos. Era la única nota discordante de una ciudad monótona, un signo de exclamación descomunal y feroz, a cuyo alrededor los demás edificios parecían mudos y encogidos de miedo.

—Vives en el veinte, ¿verdad? —le preguntó la chica, mirándole con ojos escrutadores. Toda ella tenía un aire inquisitivo e inquieto, como si no dejara nunca de hacer, y de hacerse preguntas: pelo corto, frente despejada, gafas. Llevaba en la mano un lápiz con la punta gastada, y lo movía rítmicamente arriba y abajo. Parecía que estuviera marcando el compás de sus pensamientos.

—Sí —contestó Álex—. Se ha averiado el ascensor.
—¿Se ha averiado? —preguntó ella.
—Sí.
La chica se quedó mirándole.
—¿Estás seguro?
—¿De qué?
—De que se ha averiado.
Álex le devolvió una mirada de sorpresa.
—Ha quedado atascado en esta planta —dijo—. No quería subir más.
El ascensor se puso en marcha y reanudó su camino edificio arriba.
—¡Eh! —exclamó Álex, como si acabaran de quitarle un taxi.
La chica esbozó una sonrisa casi imperceptible.
—¿Lo ves?
—¿Qué es lo que tengo que ver?
—No estaba averiado.
—¿Cómo lo sabías?

La chica dejó de mover el lápiz.

—Porque ocurre a menudo.

—Tienes razón —admitió Álex—. Me ha ocurrido tres veces.

—Ya lo sabía —afirmó ella.

—¿Eh?

—Las he contado —añadió—. Los tres incidentes se han producido esta semana: lunes, jueves y viernes, es decir, hoy. Curiosamente, en el ascensor siempre ibas tú.

Álex la miró boquiabierto.

—¿Te dedicas a hacer estadísticas? —preguntó, incrédulo.

—No exactamente —contestó ella, esquiva.

Del fondo del piso llegó una carcajada estrepitosa. La chica se volvió y entornó la puerta.

—Mis abuelos son un poco duros de oído. Siempre les recomiendo que pongan los subtítulos, pero ellos se hacen los sordos.

—¿Vives con tus abuelos? —preguntó Álex.

—Digamos que ellos viven conmigo —replicó la chica—. En términos estadísticos, lo que hago por ellos supera ampliamente lo que ellos hacen por mí. Eso no significa que me moleste, claro.

Álex iba a preguntarle por sus padres, pero intuyó alguna tragedia, así que prefirió morderse la lengua.

—Mis padres murieron en un accidente aéreo —explicó ella, leyéndole el pensamiento—. En términos estadísticos, fueron la excepción de la regla. Ya se sabe que fallecen muchas más personas en accidentes de tráfico, etcétera, etcétera. Por el mismo precio, habría podido tocarles la lotería, que también es bastante improbable.

—Lo siento mucho —dijo Álex.

—Gracias.
Hubo un silencio incómodo. Durante un rato no se oyó otra cosa que los chillidos que venían del televisor lejano.
—¿Por qué llamas «incidentes» a las averías del ascensor? —preguntó Álex.
—Porque no son averías —contestó ella con rotundidad.
—¿Qué insinúas? ¿Que son intencionadas?
—Yo las llamo incidentes —respondió ella—. Pero también me gusta denominarlas «microfenómenos».
—¿Micro… fenómenos? —dijo Álex lentamente—. ¿De dónde has sacado este vocabulario?
—De la manga —replicó ella—. Es la única forma de encontrar los términos que necesitas para describir situaciones que no entiendes.
Álex meneó la cabeza, confundido.
—¿Qué es lo que no entiendes, si se puede saber?
La chica bajó la voz.
—Que vengan mecánicos a inspeccionar el ascensor y nunca encuentren ninguna avería…
Álex esperó a que completara los puntos suspensivos.
—… y que los vecinos del edificio, aparentemente, no se percaten de estos incidentes.
—Pero si han venido mecánicos, es que los habrán avisado ellos… ¿O no?
La chica bajó la voz un poco más:
—Claro, por eso los incidentes son cada vez más imperceptibles. Cada vez pasan más desapercibidos. Se han transformado en microfenómenos: tienes que estar muy alerta para detectarlos. Como en nuestro caso, por ejemplo…
—¿A qué te refieres?

—Has tenido que bajar tres veces a mi planta. Las dos primeras no cuentan, pero a la tercera...
—A la tercera, ¿qué?
—A la tercera nos hemos conocido.
—Nos podríamos haber conocido de mil maneras diferentes —razonó Álex—, por pura y simple casualidad.

Estalló otra carcajada procedente del televisor, esta vez colectiva, como si un público invisible se burlara ostentosamente de sus palabras.

La chica dio una ojeada a la bolsa repleta de libros.
—Te gusta leer, ¿verdad?
—Mucho —admitió Álex.
—A mí también. Pero yo no leo únicamente libros. También intento leer lo que pasa a mi alrededor. ¿Y sabes qué? Me gustaría creer que las cosas no ocurren porque sí... Que el accidente en que murieron mis padres, por ejemplo, tenía algún sentido que un día u otro se va aclarar.

Se calló en seco y bajó la vista, como si se hubiera metido sin querer en un terreno demasiado íntimo. Álex sospechaba que no debía de conocer a muchas personas dispuestas a escuchar sus elucubraciones. Unos abuelos sordos no debían de ser los interlocutores más idóneos.

Él, en cambio, tenía ganas de escucharla. Le gustaba la seriedad un poco burlona con la que se expresaba, su lenguaje esotérico, las ráfagas de locura que le iluminaban los ojos. Le gustaba el aire sabihondo y maniático que le daba el lápiz despuntado —y roído— que hacía bailar entre los dedos.

—Si crees que nos hemos conocido a causa de estos «incidentes» —dijo Álex de una tirada—, quizá sería mejor que me hablaras de ellos más a fondo.
—¿De veras? —replicó ella, dudosa.
—¿Quieres que nos volvamos a ver?

—¿Cuándo?
—¿Más tarde?
—¿En el bar de los bajos, dentro de cinco minutos?
—Treinta, si te parece bien.
—Vale —dijo ella, estrechándole la mano—. Me llamo Olga.
—Álex.

Ese apretón de manos, tan inesperado, tan solemne, suscitó en él una intuición extraña: que acababan de hacer un pacto.

Cuando se volvía para pedir el ascensor, maquinalmente, Olga le tocó al hombro con el lápiz.

—Más vale que subas a pie —le aconsejó—. Por si acaso.

Él se dio la vuelta y le sonrió.

Olga estaba muy seria y le miraba sin una pizca de ironía.

Álex asintió con la cabeza, avergonzado sin motivo, e inició la escalada hacia su piso.

SEGUNDO

El bar situado en los bajos del edificio se llamaba, precisamente, *Los bajos*. Era un lugar tan poco original como su nombre: dos hileras de mesas y sillas metálicas, decoración nula, una barra como una caja de cerillas y una pantalla gigante de televisión que transmitía fútbol en sesión continua.

Cuando vio a Olga, sentada lo más lejos posible de la pantalla, Álex pensó que su presencia daba un toque de personalidad a un escenario impersonal.

Llevaba puestos unos auriculares, conectados a una grabadora de bolsillo. Tomaba notas en un cuaderno muy grande, con el lápiz de antes. Álex se percató de que le había sacado punta. Tenía las gafas encima de la mesa, junto a una taza y una tetera, y se tapaba los ojos con una mano.

Las miradas del camarero se alternaban entre ella y la pantalla: jugada interesante, Olga. Olga, jugada interesante.

Álex se sentó enfrente de ella. La chica levantó la vista, cerró el cuaderno y se quitó los auriculares.

—Hola, Álex.

—Hola —dijo él—. ¿Qué estabas escuchando?

Olga le alargó los auriculares.

Él se los puso y se tapó los oídos para ahogar el rumor del fútbol.

En la grabadora sonaba un ruido que le era familiar, aunque no conseguía descifrarlo. Era un zumbido continuo, que se interrumpía bruscamente al cabo de un rato. Acto seguido se repetía sin variaciones. Zumbido, pausa. Zumbido, pausa.

—Es una máquina.

Olga asintió con la cabeza. Álex siguió escuchando, ante la atenta mirada del camarero.

—¡Ya lo tengo! —exclamó por fin—. ¡Es un ascensor!

—Son los dos ascensores de nuestro edificio —confirmó Olga—. Es la grabación de diez viajes que hice en ellos. Veinte, en concreto. Diez en uno, y diez en el otro. El recorrido completo: treinta pisos. Del piso principal al ático, y del ático al principal.

—¿Qué es lo que querías descubrir? —preguntó Álex, intrigado.

Olga paró la grabadora.

—Ninguno de los viajes dura lo mismo —respondió a media voz—. Compruébalo. Solo hace falta que mires el tiempo que indica el contador de la grabadora.

De nuevo escuchó Álex la grabación. El primer recorrido, según el contador del aparato, duraba dos minutos y treinta segundos. En cambio, el segundo se prolongaba cinco segundos más. El tercero llegaba a los diez y el cuarto se reducía a ocho segundos. Y así sucesivamente.

—Tienes razón —admitió él—. ¿Subiste sola?

—Completamente —respondió Olga—. El peso era idéntico, pero la velocidad variaba.

El camarero se acercó para tomarles nota, y miró a Álex con un aire entre burlón y desconcertado.

—Son los deberes de ciencias —le explicó él.
—Ah —dijo el camarero, satisfecho por la aclaración—. La leche, ¿fría o caliente?

En cuanto se marchó, Álex devolvió la grabadora a Olga.

—¿Es uno de los incidentes de los que hablabas?
—Sí —admitió ella—. Los vecinos ni se dan cuenta, pero la velocidad va cambiando. Es un fenómeno que *pasa*, pero que pasa totalmente desapercibido.

—Un microfenómeno —recordó Álex—. ¿Lo has comparado con otros ascensores?

—He probado unos cuantos. Puede haber una diferencia de milésimas entre un viaje y el siguiente, pero la velocidad es regular como un reloj.

—¿No podría ser un defecto de la maquinaria?
—Es lo que pensaba al principio —contestó Olga—. Un edificio atípico y deteriorado como el nuestro, ascensores antiguos, etcétera, etcétera. Pero más adelante llevé a cabo otro experimento.

Álex tomó un sorbo de café con leche. En la pantalla se podía ver a un jugador tumbado boca arriba en medio del campo. Junto a él, en el césped, había un bumerán.

—Estos australianos son unos salvajes —rezongó el camarero.

Álex pensó que era la segunda vez que hablaba con Olga con un televisor de fondo.

—El siguiente experimento me convenció un poco más —afirmó ella—. Repetí los viajes en los ascensores, pero esta vez hasta mi planta. Es decir, más de la mitad del trayecto.

—¿Y por qué justamente hasta tu planta?
—Porque quería dejar claro que era dónde vivía.

Álex la miró desconcertado.

—¿A quién querías dejárselo claro?

—No lo sé —respondió ella—. Repetí el experimento *cuarenta* veces, en cada ascensor, en días y horas distintos. Fueron ochenta viajes, en total. Sesenta de ellos transcurrieron con normalidad. Durante los veinte restantes, en cambio, se produjo algún incidente.

Dio la vuelta al cuaderno para que pudiera verlo Álex.

—Incluso dibujé un gráfico —explicó—. Las flechas numeradas representan los viajes; los interrogantes, los incidentes. Al pie de cada interrogante hay una breve descripción de lo ocurrido.

Álex forzó la vista para descifrar la letra minúscula de Olga.

—«Viaje n.º 8» —leyó—: «parada piso doce».

—De vez en cuando se detenía en pisos diferentes.

—«Viaje n.º 12» —prosiguió Álex—: «desaceleración progresiva. Viaje se eterniza».

—Este es el segundo tipo de incidente —aclaró Olga—. El ascensor, en ocasiones, iba perdiendo velocidad. El viaje no terminaba nunca. Lo más curioso, sin embargo, es que el indicador de la cabina continuaba señalando los pisos como si fueran pasando normalmente.

Álex le devolvió el cuaderno y se terminó el café con leche.

—¿Te puedo hacer una pregunta? —dijo—. ¿Cuándo se te ocurrió empezar a estudiar los ascensores?

Olga se puso las gafas y le miró con fijeza. Con ellas aparentaba más años, su mirada adquiría una especie de autoridad, y todo lo que decía resultaba más convincente.

—Tras la muerte de mis padres —respondió. Se sirvió té con movimientos precisos y pulcros, casi como en una ceremonia japonesa. Todos sus ademanes eran medidos y exactos, como si fueran un contrapeso de las ideas turbulentas que le bullían en la cabeza.

Bebió un sorbo de té.

—Creo que empezó todo un par de meses más tarde —siguió diciendo—. Una noche... recuerdo que una noche no podía dormir. Me había tomado una pastilla, pero no había forma. Entonces, de madrugada, oí que uno de los ascensores subía desde muy abajo y se detenía en mi planta.

Bebió otro sorbo de té y se pasó la lengua por los labios.

—Estaba convencida de que eran ellos —dijo a media voz.

—¿Tus padres?

Olga asintió con la cabeza.

—Estaba convencida de que habían regresado.

Respiró hondo.

—Esperé un rato, hecha un manojo de nervios. Me imaginaba que oiría abrirse la puerta del ascensor, y luego la de casa, y que les oiría entrar, y dejar en el suelo las maletas, y que vendrían a mi cuarto para decirme que estaban vivos...

Álex podía imaginarse perfectamente la escena: a Olga en su cama, hecha un ovillo, angustiada y esperanzada a la vez, deseando un milagro imposible.

—Como tardaban mucho —prosiguió—, salté de la cama y fui a mirar por la mirilla de la puerta. Fuera no había nadie. Por un momento me pareció que veía a una persona escondida en el ascensor. Una silueta. No dos. Solamente una. Supongo que serían imaginaciones mías.

Retorció el hilo de la bolsita de té que colgaba de la tetera.

—El ascensor estuvo parado un rato más —prosiguió—. Luego se puso en marcha y volvió a bajar. Regresé corriendo a la cama, muerta de miedo, y me tapé hasta la cabeza. Aun así, oí perfectamente como el ascensor volvía a subir y se detenía en mi planta. Lo hizo una y otra vez, durante toda la noche. Sin embargo, mis padres no llegaron nunca.

Se sirvió más té y se quedó un rato mirando la tetera sin decir palabra, como si observara su propio reflejo deformado en la superficie de acero inoxidable. Por fin levantó la vista y de nuevo se quitó las gafas.

—Esa noche llegué a la conclusión de que el ascensor del edificio había querido darme a entender algo...

Dejó la frase en suspenso, como si no se atreviera a terminarla.

Álex la miró arrugando el entrecejo. Era la primera vez que se le escapaba un gesto de escepticismo.

—Ya sé que parece una locura —admitió Olga—. Pero habría jurado que me quería dar un mensaje. El ascensor me estaba insinuando que mis padres querían regresar, pero que no podían.

Álex estuvo a punto de decirle que era un mensaje casi espiritual, viniendo de una máquina, pero se reprimió. No quería burlarse de ella. Tenía la impresión de que si le tomaba el pelo, aunque fuera mínimamente, echaría a perder para siempre esa especie de confianza frágil, casi impalpable, que empezaba a existir entre ellos. De todos modos, no podía limitarse a seguirle la corriente. Tenía que ser franco con ella.

—¿Me estás diciendo que un ascensor es capaz de transmitir mensajes?

Se lo preguntó sin el más leve sarcasmo, firmemente decidido a dejarse convencer.

—No me he expresado bien —confesó Olga—. Quiero que sepas que no creo en fantasmas, ni en máquinas poseí-

das por espíritus. He dicho que había entendido su mensaje, pero en ningún momento te he insinuado que el autor fuera él.
—A ver si lo entiendo —replicó Álex—. ¿Eso significa que crees que hay una persona de carne y hueso controlando el ascensor?
—¿Qué conclusión habrías sacado tú, de mis experimentos?
—Todo lo que me has contado es un poco... raro —admitió Álex, escogiendo las palabras con mucho tacto—. Podría ser... o podría no ser.
Olga cerró el cuaderno.
—Ya veo que necesitas más pruebas —dijo—. Te podría dar algunas más, pero creo que es mejor que las descubras por tu cuenta.
Se sirvió el té que quedaba y se lo bebió de un trago.
—Vives con tus padres, ¿verdad?
—Sí.
—Sondéalos, pues.
—¿Cómo?
Ella se encogió de hombros.
—¿Cómo quieres que lo sepa? Yo ya he hecho los deberes. Ahora te toca a ti.

TERCERO

Álex no pudo resistir la tentación de poner a prueba las teorías de Olga.

Un rato antes habían subido juntos en el ascensor. No se había producido ningún «incidente», aunque Álex se moría de ganas. Los dos habían llegado sanos y salvos a sus pisos respectivos, y se habían despedido con una cierta sensación de desengaño. Era como si echaran en falta un desenlace enigmático, que hiciera justicia a su conversación llena de incógnitas.

Sus padres aún no habían llegado, así que pudo experimentar tranquilamente sin preguntas indiscretas.

En primer lugar subió a un ascensor y recorrió el edificio de arriba abajo —y viceversa—, dos veces seguidas. Luego lo hizo con el otro ascensor.

Tentaba la suerte.

Buscaba ansiosamente los incidentes.

En cuanto llegaba al último piso del edificio, con el propósito de repetir el trayecto una vez más, como un jugador insistente que se niega a abandonar la ruleta, el ascensor se detuvo de pronto de una forma nada natural.

A Álex le dio un vuelco el corazón y notó que se le agolpaba el pánico en la garganta y el pecho.

«Cálmate», pensó. «Es lo que deseabas, ¿no? Al final te has salido con la tuya».

Respiró hondo.

La cabina se había detenido en la planta número treinta: estaba en la cima del edificio. Álex no había subido nunca tan arriba. Ni siquiera para jugar. Nunca había pasado de su planta, como si las que venían después fueran una especie de *terra incognita* prohibida.

Allí en lo alto reinaba un silencio siberiano. No faltaba ni el aullido del viento. Soplaba a ráfagas imprevisibles, que le pegaban un susto tras otro. Sus bramidos aterradores parecían un presagio del fin del mundo.

Había un botón para dar la alarma: una especie de sirena antiaérea que resonaba terroríficamente por el hueco de la escalera. Álex lo apretó, arrepintiéndose de haberse metido en esa jaula. No sirvió de nada: la sirena estaba muda como el resto del edificio.

Se miró en el espejo y se vio muy pálido. Quizás era culpa de la luz. La cabina parecía más oscura. También podía ser un efecto del miedo, que le estaba enturbiando la vista.

Se sentía más solo que un astronauta perdido en el espacio.

El indicador también estaba atascado en el número 30, que brillaba con un color rojo infernal. Álex recordó una película en la que el protagonista se iba al infierno en ascensor.

De nuevo le dio al timbre de alarma, que también era rojo.

Silencio absoluto.

Entonces, de repente, le vino a la memoria lo que le dijo a Olga un rato antes: «¿Crees que hay una persona de carne y hueso controlando el ascensor?»

La carne y el hueso le daban más miedo que la sustancia inmaterial, y por tanto inofensiva, de que estaban formados los fantasmas.

Notó un escalofrío en el cogote, doloroso como el revolcón de un erizo.

«A lo mejor me ha puesto una trampa, y ahora me vendrá a buscar», pensó abrumado, sin saber a *quién* se refería.

Se volvió para no verse en el espejo, ya que le daba miedo la expresión de miedo de su propia cara.

En ese momento le llegó un chirrido que venía de más arriba. De la azotea, posiblemente. Sabía que el edificio contaba con una azotea muy grande, pero nunca había puesto los pies en ella.

Por un instante se imaginó que era el ascensor que reanudaba la marcha. Pero se equivocaba. Era el ruido de una puerta de hierro muy pesada que se abría chirriando.

Aguzó las orejas, con el corazón encogido. Escuchaba con una atención tan febril, que la cabeza empezó a darle vueltas, y los ojos a hacerle chiribitas.

Pero no eran chiribitas.

Eran las luces de la cabina que vacilaban y, finalmente, se apagaban.

Solo quedó la luz del rellano, que alumbraba los cristales de la puerta sin llegar a traspasarlos.

Álex fijó la mirada en ese brillo mortecino, imaginando que en cualquier momento algo se interpondría brutalmente entre la luz y el cristal.

Pensó que la luz del rellano tiritaba de miedo, como él. «No te apagues tú también», suplicó a media voz. «Por favor. Resiste».

Pero enseguida se contradijo: «No, apágate. No quiero ver lo que hay afuera».

La luz, al final, le hizo caso. Temblaba de forma cada vez más convulsiva, como contagiada del miedo de Álex. Temblaba como sus piernas, y siguió temblando hasta que ya no pudo más y se extinguió por completo.

Álex se quedó completamente a oscuras. Durante un rato no tuvo ánimos para hacer otra cosa que parpadear y parpadear, como si creyera que le saldrían lucecillas de los ojos y el ascensor volvería a iluminarse por arte de magia.

Oyó el ruido de otra puerta que se abría. Esta quedaba más cerca y no pesaba tanto. Podía ser la que daba a las escaleras.

Se le secó la garganta.

Estaba casi seguro de que se oían pasos. ¿Era alguien que empezaba a bajar las escaleras?

Se sintió doblemente atrapado: dentro de la cabina y en la oscuridad, suspendido en la boca de un pozo de treinta pisos de profundidad. Sentía vértigo y a la vez claustrofobia.

Si la alarma no funcionaba, ya gritaría él. Era cuestión de minutos.

El autodominio se le agotaba segundo a segundo. O más bien paso a paso, porque eran pasos lo que oía.

Unos pies que bajaban las escaleras muy despacio, en medio del fragor del viento que se colaba por la puerta de la azotea y hacía temblar las claraboyas.

El grito trepaba paso a paso por la garganta de Álex. Pero de pronto quedó ahogado.

Estaban golpeando en la puerta del ascensor.

Clanc, clanc, clanc, clanc.

No eran los golpes que daría alguien para indicar su presencia. No era una llamada amistosa. Eran golpes monótonos y apáticos, como si la persona que los daba no tuviera otra intención que asustarle, y supiera que bastaba con golpear en la puerta de un ascensor a oscuras.

Clanc, clanc, clanc, clanc.

No se oía nada más. Ni una respiración, ni un murmullo, ni un crujido. Solamente esos golpes acompasados e indiferentes, pero implacables como una tanda de azotes.

Álex se tapaba los oídos, pero los golpes le traspasaban las manos y relampagueaban en su mente, y en ella dejaban grabada una marca.

Clanc, clanc, clanc, clanc...

Uno detrás de otro, interminables como una pena del infierno, como si tuvieran que durar toda la eternidad.

Hasta el golpe número treinta. Ese fue el último. Resonó pozo abajo y luego volvió el silencio.

Álex se destapó los oídos, que retumbaban con el latido de la sangre acelerada.

Aquella pulsación sorda no le impidió percibir claramente los mismos pasos que desandaban el camino: se alejaban escaleras arriba, como si nada hubiera ocurrido. Luego se cerró la puerta de la azotea. Y un poco más tarde la puerta de hierro, con el mismo chirrido.

Treinta golpes, treinta pisos.

Este cálculo se le ocurrió un momento antes de que se encendiera de nuevo la luz de la cabina y el ascensor se pusiera en marcha por sí mismo.

La sirena también volvía a funcionar, como pudo comprobar apretando el botón dos segundos escasos.

El paréntesis de terror se cerraba con toda la naturalidad del mundo. La normalidad interrumpida reanudaba su curso. Todo recobraba la calma de siempre. Todo, excepto Álex.

El ascensor empezó a llevárselo pozo abajo.

Rogó que no se tratara de otro incidente.

«Que solo sea un vecino que lo ha llamado», imploró para sus adentros.

Conforme se iba hundiendo en las entrañas del edificio, Álex sacudió la cabeza para despejarse y se frotó los ojos para aclarárselos.

Sin embargo, aquellos golpes y aquella oscuridad ya se habían grabado con láser en su memoria.

Cuando el ascensor llegó al final del trayecto, Álex se quedó completamente inmóvil, a la expectativa, con las piernas temblorosas.

Imaginaba un desenlace, *temía* un desenlace imprevisto y brutal.

Rogaba que no hubiera ningún desenlace.

En ese momento se abrió la puerta y entró un desconocido que apretó el botón de la séptima planta.

—¿Ha ocurrido algo? —le preguntó, al verle el rostro demudado—. Me pareció que sonaba la alarma.

—Un incidente sin importancia —respondió Álex con la voz ronca.

Subieron juntos en silencio. Cuando el vecino bajó en su piso, él continuó en dirección a su planta, la veinte.

Al quedarse a solas, tuvo la impresión de que volvía a oír aquellos golpes. Pero esta vez sonaban en la puerta de cada rellano, como si el que los daba fuera persiguiendo el ascensor escaleras arriba, pero a tal velocidad que consiguiera adelantarlo.

CUARTO

Álex se había percatado de que, últimamente, la evolución de las familias ya no era analógica —ni siquiera lógica—, sino digital: se medía por los bytes de su existencia.

La familia de Álex no llegaba ni tan solo a un byte de su capacidad. Eso le hacía temer que el día menos pensado se tendría que actualizar para seguir siendo «operativa». Traducido a lenguaje no informático, era una forma de decir que la relación de sus padres se estaba quedando obsoleta, y que el fantasma de la «separación» aparecía y desaparecía como un protector de pantalla.

El comedor del piso donde vivía Álex estaba presidido por un televisor panorámico. Era una especie de dios electrónico, sobre todo porque a veces lo contemplaban con un aire de arrobamiento que rayaba en la adoración.

En ese momento lo estaban mirando mientras cenaban: dos pizzas. El empobrecimiento de las comidas era proporcional al empobrecimiento de la relación entre sus padres. El silencio en el que comían se volvía tanto más escandaloso cuanto más retumbaba el *Dolby Surround*.

Álex no sabía para dónde mirar, en semejantes circunstancias. No quería mirar a su padre, ni a su madre, porque de hacerlo vería que se esforzaban para no mirarse entre ellos.

Por eso se limitaba a absorber los anuncios en alta definición, como una especie de método estupefaciente que le evitaba el trabajo de pensar.

A pesar de todo, Álex estaba pensando. No podía dejar revivir el momento en que se había encontrado con Olga por pura casualidad, ni su conversación posterior, ni la espeluznante aventura que había corrido, jugando simplemente con el trayecto de un ascensor.

Mientras daba vueltas a sus elucubraciones, a los extraños descubrimientos de la chica —pero debido, sobre todo, a su aterradora experiencia solitaria—, había empezado a sentir una fuerte inquietud agravada por el ambiente enrarecido de su casa. Una inquietud que solo podría resolver si hacía «los deberes» —en palabras de Olga—, aunque no supiera ni remotamente en qué consistían.

Le había dicho que «sondeara» a sus padres.

Pero, ¿acerca de qué tenía que sondearlos?

Si se dejaba guiar por el instinto, empezaba a sospechar que los descubrimientos de Olga parecían sugerir que el movimiento errático de los ascensores no era inocuo en absoluto, sino que podía traer *consecuencias*. Que se hubieran conocido, por ejemplo. Aquello era una consecuencia concreta. Era evidente, por tanto, que se podían encontrar más. Que podía existir un red intrincadísima e inimaginable de consecuencias.

Así que cogió el mando a distancia y bajó el volumen del televisor.

—¿Pero qué haces? —protestó su padre.

Al parecer, estaba muy interesado en la crónica del partido España-Australia, durante el cual un jugador español había quedado inconsciente al ser atacado con un bumerán.

—Sube el volumen —le ordenó su madre, con la boca llena de pizza.

Álex puso el mando fuera de su alcance.

—Quiero hablar con vosotros.

—Después de las noticias —replicó su padre, alargando la mano para recuperar el mando.

Álex se lo guardó en el bolsillo de la camisa.

—No —dijo—. Ahora mismo.

Los dos se quedaron mirándole, sin mirarse entre ellos, con cara de pocos amigos.

—Os quería preguntar una cosa que no me habéis contado nunca —dijo—. Me gustaría saber cómo os conocisteis.

Dos entrecejos se arrugaron al mismo tiempo.

—¿Qué? —exclamó su madre, desconcertada.

—¿Cómo os conocisteis? —repitió Álex—. ¿Os presentó alguien? ¿En una fiesta? ¿Por casualidad?

Su madre carraspeó y miró de reojo a su marido. Era la primera vez que lo hacía desde que se sentaran a la mesa.

—No me acuerdo muy bien —admitió—. Pero si la memoria no me engaña, creo que nos conocimos en el vestíbulo de nuestro bloque.

—¿En el vestíbulo de nuestro bloque? —repitió Álex.

—Así es —respondió su madre. Y de nuevo miró de soslayo a su marido.

Él también carraspeó. Esa noche estaban resecas, las gargantas.

—Sí —dijo, bebiendo un sorbo de cerveza—. Fue en el vestíbulo. No es un sitio muy romántico, pero los hay peores. Tu madre se estaba haciendo un tratamiento de ortodoncia en la consulta de un dentista que ya no está.

Yo trabajaba temporalmente en una agencia de seguros de este bloque, que también ha cerrado. El dentista atendía en el piso diecisiete o dieciocho… No me acuerdo. La agencia estaba un poco más arriba.
Hizo una pausa y miró de soslayo a su mujer.
—Bajábamos los dos a la misma hora —continuó ella—. No todos los días, claro. Pero cuando yo salía de la consulta, tu padre terminaba de trabajar. Él cogía un ascensor, y yo el otro. Era muy difícil que coincidiéramos, casi imposible, pero un día nos encontramos en el vestíbulo.
—Nuestros ascensores llegaron al mismo tiempo —aclaró su padre—. Fue una coincidencia casi imposible. Era como si se hubieran sincronizado para que nos pudiéramos conocer.
—Una coincidencia increíble —recalcó su madre—. Yo apenas podía hablar por culpa de la anestesia. Pero tu padre me tiró de la lengua y me hizo hablar sin ganas. Tenía mucha labia, el hombre, como todos los vendedores de seguros.
—Tu venga hablar y hablar —añadió el padre de Álex—. No podías ni pronunciar las palabras, pero charlabas conmigo sin descanso. Nos enamoramos charlando. Y después compramos un piso en el edificio dónde nos habíamos conocido.
Calló en seco, como si acabara de recordar que hacía una eternidad que no charlaban.
La madre de Álex también enmudeció de golpe.
El silencio se apoderó de nuevo del comedor.
—O sea —dijo Álex, para darles cuerda—, que estáis convencidos de que dos ascensores determinaron vuestro destino.
—Qué sé yo —admitió su padre, alargando el brazo para cogerle el mando del bolsillo.

—El destino no existe —replicó la madre de Álex—. Solo existe el azar. Las personas se unen y se separan por obra del azar. Nada más.

Y echó un vistazo a su marido con cara de aburrimiento.

Acto seguido, subió el volumen del televisor. El *Dolby* tomó la palabra e impuso su voz.

Sin embargo, Álex ya había sondeado a sus padres.

Ahora tendría que poner al corriente a Olga.

Seguro que lo encontraría muy interesante.

QUINTO

Álex y Olga estaban sentados en un banco de la plaza situada enfrente de su edificio. Ella se resistía a volver al bar Los bajos porque no se fiaba del camarero. Estaba convencida de que les escuchaba furtivamente, y no quería que oyera lo que decían, ya que se trataba de información «confidencial» que no podía llegar a oídos de los vecinos. Si ocurría semejante cosa, según ella, podrían «correr peligro». Álex no consiguió que fuera más concreta.

—A mí el ascensor también me atrapó —dijo Olga—. En la planta treinta, exactamente igual.

—¿De veras? —preguntó Álex, sorprendido.

—Te lo juro —respondió ella—. Estaba haciendo un experimento de los míos. La alarma tampoco sonó. Pasó un rato interminable... Y entonces oí aquello. Solo de pensarlo me dan escalofríos.

—¿Qué es lo que oíste?

—Arañazos —respondió, lacónica.

—¿Arañazos?

Ella asintió con la cabeza. Extendió los dedos y deslizó las uñas por la tapa del cuaderno que tenía en el regazo. Muy despacio. No las llevaba muy largas, pero dejó cuatro surcos paralelos.

—Sus uñas dejaron una señal en la pintura de la puerta —añadió—. Brrr. Solo de pensarlo me dan escalofríos.

—¿Y por qué crees que lo hizo? —preguntó Álex, sin saber a *quién* se refería.

—Para asustarnos —respondió ella—. En cuanto nos acercamos demasiado, al parecer se pone nervioso y trata de meternos miedo. Quiere hacernos saber que existe, para que le dejemos en paz.

—¿Cómo lo sabes?

Olga abrió el cuaderno, volvió tres páginas y señaló otro gráfico: consistía en una serie de cuadraditos con una figura encerrada en su interior.

—En el espacio de un año, el ascensor capturó a doce residentes del edificio —explicó—. Uno al mes es una cifra bastante significativa. Llevé a cabo una encuesta, discretamente. Nadie oyó ningún ruido anormal: ni golpes, ni arañazos, ni nada. La alarma también funcionaba, de modo que fueron a rescatarles enseguida.

—¿Y por qué crees que pretende asustarles?

—Por el mismo motivo por el que manipula el ascensor: para dejar entrever que existe. Los vecinos no se enteran de nada, pero inconscientemente sospechan que está ocurriendo algo.

Álex observó los dibujos de Olga, su letra menuda, sus esquemas pulcros y complicados. Se veía de lejos que era en extremo metódica, seguramente maniática, sin duda obsesiva, pero aun así había decidido escucharla sin prejuicios, dejarse llevar por sus teorías fantásticas.

—Que está ocurriendo algo es un hecho —admitió en voz alta—. Ayer lo pude comprobar en persona,

después de hablar contigo. Y más tarde, a la hora de la cena, sondeé a mis padres, como dijiste tú...
—¿En serio? —preguntó interesada—. ¿Hiciste los deberes?

Álex le contó cómo había averiguado que sus padres se conocieron gracias a la intervención sutil de los ascensores. Se imaginaba que su relato la dejaría boquiabierta, pero ella apenas se inmutó.

—Ya sabía que formaban parte de la lista —dijo con toda naturalidad.

Álex se volvió a ella bruscamente.

—¿A qué lista te refieres?

Olga hojeó el cuaderno y le mostró varias páginas repletas de párrafos numerados escritos con su letra apretada.

—No es una lista concreta —aclaró—. Son una serie de notas que tomé después de sondear a varios vecinos. Yo la llamo «vidas paralelas».

—¿Vidas paralelas?

Ella le entregó el cuaderno.

—Ya lo verás.

Álex cogió el cuaderno y empezó a descifrar las notas de Olga. Decían lo siguiente:

1. El señor P. N. T. vivía solo en el tercer piso. Casi siempre subía a pie, aunque fuera muy cargado. Decía que quería «hacer piernas». Tenía una relación prácticamente nula con el ascensor, hasta que un día oyó que su alarma «le llamaba». Fue así como conoció a su actual esposa, la señora A. B. S. Era una viuda que residía en el piso doce y se había quedado atrapada en el ascensor.

—Qué casualidad —murmuró Álex—. ¿Te lo contó él mismo?

—Con pelos y señales —respondió Olga—. Decía que fue como el canto de una sirena, etcétera, etcétera. Es la sinopsis de un verdadero folletín.

Álex siguió leyendo en voz alta:

2. *A la señora N., residente en el piso dieciocho, se le cayó el teléfono móvil en el pozo del ascensor, por la grieta que hay entre la cabina y el rellano. Su marido, a la mañana siguiente, abrió la puerta que da al pozo y bajó para recuperarlo. Pero el teléfono no estaba allí. Sin embargo, la señora N. asegura que lo oyó varias veces (las notas de una pieza de Beethoven), como si estuviera en algún sitio en lo más alto del edificio. Después calló para siempre.*

—«Las notas de una pieza de Beethoven» —releyó Álex—. Mejor oír eso que unos arañazos.

—Tienes toda la razón.

3. *P.S.O. y T.S.O. son unos mellizos traviesos que viven en el piso catorce. Las paredes de la escalera están llenas de pisadas y garabatos suyos. Siempre que subían en el ascensor tenían la costumbre de tocar la alarma todo el rato, armaban escándalo y asustaban a los vecinos. Un día, el ascensor y la alarma se pararon de golpe, y los mellizos se quedaron atrapados a medio camino. Lo que ocurrió mientras esperaban no está muy claro, pero ambos aseguran que oyeron caer algo pesado encima de la cabina, y que ese algo empezó a «arrastrarse» de un lado a otro, como si buscara un agujero por el que colarse. Después de este incidente, claro está, los mellizos perdieron las ganas de meter ruido, no fuera caso que volvieran a llamar a «aquello».*

—«Aquello»... —dijo Álex, nervioso—. El que también da golpes y arañazos.

—Seguramente —replicó Olga.

4. Un matrimonio que vive en la planta veinticuatro afirma haberse quedado a oscuras, en los dos ascensores, varias veces. «Era como si la oscuridad nos persiguiera», dijo la mujer. «El ascensor no se detenía, pero el viaje se hacía eterno, como si las tinieblas nos frenaran. Parecía el viaje al reino de los muertos de los antiguos egipcios».

—Conozco muy bien esa oscuridad —murmuró Álex. Y añadió, imitando a Olga—: Solo de pensarlo me dan escalofríos.

5. El señor G. T. E., residente en la planta catorce, vivió una experiencia que él mismo califica de «inverosímil». Un día, cuando se disponía a apretar el botón de su piso, alguien se le adelantó y llamó el ascensor desde la planta treinta. El señor G. T. E. aguardó pacientemente hasta el final del recorrido, pero una vez arriba descubrió que no había nadie. En cuanto apretó de nuevo el botón de su piso, el ascensor volvió a ponerse en marcha por su cuenta y le obligó a ir hasta la planta baja. Allí tampoco encontró a nadie. El fenómeno se repitió tres veces seguidas. El señor G. T. E. se veía arrastrado hacia arriba y hacia abajo «como un títere en manos de bromistas invisibles». Al final subió a pie, enojado y aturdido. La situación no se produjo nunca más.

—Ayer también me sentía como un títere —dijo Álex—. Pero no creo que el que pegaba los golpes fuera ningún bromista.

—Yo tampoco.

6. La señora E. L. G., residente en la planta veintiocho, cuenta que, todas las mañanas, al salir para el trabajo,

encontraba «sin falta» los dos ascensores parados en su rellano. Esta situación «tan cómoda» duró cosa de cuatro meses. Según ella, era comparable a encontrar todos los semáforos en verde durante el mismo período de tiempo, es decir, una imposibilidad estadística. *La rareza del fenómeno llegó a provocarle pesadillas: más de una vez soñó que había muerto, y que el ascensor la esperaba para llevársela, como una especie de coche fúnebre. Cuando tenía estas pesadillas prefería bajar a pie. Una mañana comprobó que los ascensores ya no estaban. A partir de entonces ya no la «esperaron» más.*

—Yo me acordé de una película en la que el protagonista se iba al infierno en ascensor —dijo Álex—. Fue uno de los efectos secundarios de mi aventura de ayer, sin contar la claustrofobia.

—*El corazón del ángel* —dijo Olga.

—¿Eh?

—La película se llamaba *El corazón del ángel*. La vi por la tele, no hace mucho.

—¡Ah! Puede ser.

Álex leyó media docena más de resúmenes. Todos describían variantes de la misma situación: el ascensor actuaba de formas imprevisibles y alteraba de un modo u otro la vida de los residentes del edificio.

Cuando llegó al final de las «vidas paralelas», devolvió el cuaderno a Olga.

—Que está ocurriendo algo es un hecho.

Como no sabía qué decir, se había limitado a repetir la frase de antes.

—Hay casos positivos —observó Olga—, futuras parejas que se conocen gracias al ascensor, etcétera, etcétera. Como tus padres, por ejemplo. Sin embargo, por regla gene-

ral, el ascensor demuestra un sentido del humor bastante negro.
—Es un hecho —remachó Álex, como si se hubiera atascado en esa frase.
Se quedaron callados durante un rato. El dueño del bar Los bajos había salido a fumar un cigarrillo y los observaba desde la entrada. Olga se dio cuenta.
—Ese tipo me está poniendo nerviosa —dijo.
—No le mires.
—Aunque no le mire, siento su mirada.
—A lo mejor es un espía.
—¿Un espía de quién? —preguntó, alarmada.
Esa reacción hipersensible sorprendió a Álex.
—Un espía del que mueve los hilos, o más bien los cables, del ascensor —respondió medio en broma.
Olga se quedó callada y pensativa. El dueño del bar tiró la colilla, la pisó y volvió a su local. Dos palomas echaron a volar hacia un cielo gris como su plumaje. Una niña patinaba arriba y abajo por la plaza, abajo y arriba. En algunos balcones del bloque de pisos crecían antenas parabólicas como una especie de hongos parásitos.
—Las cuestiones principales son las siguientes —dijo Olga al cabo de un rato, en su tono confiado de siempre—: en primer lugar, tenemos que dejar de referirnos al ascensor como si fuera un ser autónomo con voluntad propia. Todos hemos visto aquella película tan absurda del ascensor poseído, cuyo título no recuerdo... Los fantasmas no pueden apoderarse de las máquinas.
—*El ascensor* —dijo Álex—. Es un título fácil de recordar.
—Exacto —replicó Olga—. Como iba diciendo, tenemos que aceptar que en la sala de máquinas de nuestros ascensores se ha infiltrado un individuo, o más de uno, con el

extraño propósito de influir en las vidas de los vecinos. Un individuo, o más de uno, que parece creerse todopoderoso, como una especie de dios.

Álex estaba observando las antenas parabólicas. Su semejanza con los hongos le inspiró una reflexión inquietante:

—Yo lo veo más bien como un parásito que se ha enquistado en nuestro edificio —dijo.

Olga se lo pensó durante unos momentos.

—Cuando es «bondadoso» actúa como un dios —razonó—. Y cuando es «malévolo», como un parásito o un demonio.

—¿Y si nunca es bondadoso? —sugirió Álex—. Mis padres, por ejemplo, se conocieron gracias a él. Así, de entrada, parece algo bueno. Pero en realidad nunca se han llevado bien del todo. Creo que siempre han sido incompatibles. Ahora parece que empiezan a entenderlo.

Olga se volvió a él, con cara de preocupación.

—¿Se quieren separar?

—Ya hace tiempo que se están separando —respondió Álex—. El día menos pensado se romperá el hilo que todavía les mantiene unidos... y todo se terminará de golpe.

—Qué pena —dijo Olga—. Mis padres, en cambio, se llevaban muy bien.

—Ya —dijo Álex—. ¿Pero ellos no se conocieron por obra del ascensor, supongo?

—No, en el instituto.

De nuevo guardaron silencio. El cielo, entretanto, se oscureció un poco más.

—¿Has intentado averiguar si también hay parásitos en otros edificios? —preguntó Álex.

Ella negó con la cabeza.

—Me da miedo descubrir que sí. Que no somos los únicos. Eso significaría que no solamente nos dominan los poderosos de siempre, sino también una legión de parásitos insignificantes que se creen todopoderosos.

—¿Crees que este parásito es insignificante?

—Todos los manipuladores lo son —repuso Olga—. Individuos acomplejados, incapaces de actuar a plena luz. Juegan con la vida de los demás porque son incapaces de tomarse en serio la suya.

—¿Cómo te lo imaginas?

—Me lo podría imaginar como el mago aquel tan poquita cosa que salía en *El mago de Oz* —respondió Olga—. Pero sería demasiado fácil. Aquel era inofensivo, se limitaba a falsificar milagros. El nuestro, en cambio, tiene un repertorio de trucos muy variado, y no sabemos con seguridad qué se propone. Los incidentes podrían continuar en la misma línea toda la vida, o un día, de pronto, transformarse en *accidentes*.

Álex notó que se le encogía el estómago. La niña patinadora tuvo un accidente, pero se levantó enseguida.

—¿Qué podríamos hacer?

—Yo sola no me sentía con ánimos de hacer nada —confesó Olga—. Pero te he conocido, y diría que nos entendemos bastante bien. ¿Estarías dispuesto a ayudarme?

Álex se volvió a ella, lentamente.

—¿Ayudarte a qué?

Olga estornudó dos veces, se sonó, se ajustó las gafas y cerró el cuaderno.

—Quiero hacer una expedición al país de Oz para desenmascarar al mago.

SEXTO

La expedición al país de Oz se tuvo que aplazar, ya que Olga había pillado la gripe.

Álex fue a verla una tarde, al salir del instituto, y se llevó una sorpresa porque abrió la puerta ella misma.

—Mis abuelos también están resfriados —le explicó—. Se lo habré contagiado yo.

Tenía la nariz roja, estaba desmejorada y ojerosa y no llevaba gafas. Sin embargo, aunque tenía los ojos un poco llorosos, su mirada no se había apagado en absoluto. Brillaba como de costumbre con una intensidad febril.

—Reconozco que la fiebre puede provocar alucinaciones —dijo—, pero hace dos noches que veo cosas raras.

Se sonó meticulosamente, primero un agujero, luego el otro.

—Como no consigo pegar ojo —prosiguió—, estoy muy desvelada y alerta. Y creo que él lo sabe y se aprovecha.

En la última frase bajó la voz. De fondo se oían los gritos del televisor, pero no eran lo bastante fuertes para silenciar los estornudos y las toses de sus abuelos.

—¿Te refieres a él? —preguntó Álex, también a media voz—. ¿Al parásito?

—Exacto —murmuró Olga—. El ascensor se vuelve a detener en mi planta, como antes. A medianoche. Solo que ahora... ahora podría jurar que él se queda dentro, esperando.

Álex sintió un escalofrío. Primero pensó que era un síntoma, pero después se dio cuenta de que era de miedo.

—Me he levantado dos veces a atisbar por la mirilla —siguió diciendo Olga—. Y me parece que lo he visto. Rectifico. No me lo parece. Estoy convencida. He visto como arrimaba la cara al cristal esmerilado de la puerta del ascensor, como si me devolviera la mirada. Tenía las facciones borrosas, como cuando te cubres la cabeza con una media. Era como si me observara una persona desfigurada. Todo el tiempo tenía miedo de que abriera la puerta de repente y me enseñara el rostro. Pero no lo ha hecho, claro. Ya te dije que los manipuladores eran cobardes. Siempre actúan a escondidas, o detrás de máscaras.

—¿Y no ha hecho nada más?

—Nada más —respondió ella—. Ha venido para avisarme, estoy segura. De un modo u otro, no sé cómo, ha descubierto nuestros planes. Se siente amenazado. Nos da a entender que si no le dejamos en paz nos hará la vida imposible.

De pronto pareció que le fallaban las piernas. Álex alargó la mano instintivamente y la sujetó por el brazo.

—¿Estás bien? —dijo, alarmado.

—Estoy cansada —admitió, dándole una palmada en la mano—. Más vale que lleves cuidado, Álex. Más vale que procures dormir profundamente, todas las noches, porque en cualquier momento puede venir a verte.

Era un buen consejo, pero no el más adecuado para que Álex pudiera dormir tranquilo. Al contrario: la posibilidad de oír cómo se detenía el ascensor a medianoche empezó a quitarle el sueño.

Pasaba las noches en blanco, como si Olga le hubiera contagiado una obsesión nueva. Habría preferido mil veces la gripe a esa paranoia nocturna.

Cuando por fin logró conciliar el sueño, su subconsciente se vengó con creces, ya que tuvo la pesadilla más angustiosa de su vida.

La pesadilla empezaba como un día cualquiera: saltaba de la cama, encendía la luz y se vestía como si acabara de levantarse normalmente.

Se había levantado para hacer algo, pero no sabía qué. A pesar de todo, se dirigía resueltamente a la puerta de entrada y salía al rellano.

Acto seguido, pedía el ascensor y lo esperaba. Lo oía bajar piso tras piso, como de costumbre, hasta que de repente se paraba en seco.

Por motivos desconocidos, se había detenido en una de las plantas superiores.

Álex no tenía más remedio que ir a buscarlo a pie, y empezaba a subir las escaleras.

De una planta pasaba a la siguiente, subiendo cada vez más, pero en ninguna encontraba el ascensor. Y cuanto más subía, más acusada era la impresión de que le espiaban. Él miraba a su alrededor continuamente, tratando de sorprender a los espías, pero los rellanos estaban desiertos. En la escalera, al parecer, no había nadie.

Las puertas de los pisos, en cambio, no parecían normales. Tenían un aspecto extraño, y cuantas más plantas subía, más aguda era la sensación de extrañeza.

Entonces, de pronto, lo vio claro.

Eran las puertas las que le estaban espiando.

La lente de la mirilla era la córnea de un ojo sin párpado.

Era un ojo que veía de veras —que le veía y le miraba fijamente—, y que no parpadeaba para poder disfrutar de una visión continua y sin interrupciones.

Álex no sabía por qué le espiaban las mirillas, pero tuvo el presentimiento de que era porque todos los vecinos estaban muertos de miedo y, a la vez, de curiosidad morbosa. Tan asustados estaban los vecinos, y a la vez tan morbosamente intrigados, que habían prestado uno de sus ojos a las puertas para que mirase lo que ellos no se atrevían a ver.

Cuando dio por fin con el ascensor, todas las puertas le observaban con los ojos desorbitados.

Álex sabía perfectamente que si abría el ascensor le ocurriría algo espantoso. Lo notaba en cada nervio y en cada músculo del cuerpo.

No obstante, aunque estaba mortalmente asustado, tiró de la puerta del ascensor y la fue abriendo poco a poco.

Al otro lado reinaba la oscuridad. Álex era incapaz de discernir si estaba mirando el interior de la cabina o el hueco negro del pozo del ascensor.

A pesar de todo, dio un paso adelante y se adentró en las tinieblas.

Había alguien esperándole.

—Me ha atrapado, Álex —le dijo Olga al oído—. Ahora me utiliza de cebo para cazarte a ti.

Álex sintió unas garras que le aferraban el cuello.

Un chillido de pánico resonó en las entrañas del edificio, y fue subiendo rápidamente pozo arriba a un volumen cada vez más ensordecedor.

Pero ese grito no venía del pozo, sino del fondo de la garganta de Álex.

Así terminaba la pesadilla.

Mientras esperaba que Olga se restableciera del todo, Álex empezó a tener la desagradable sospecha de que le espiaban. Se decía, para calmarse, que podía ser una especie de secuela de aquel sueño. Y lo cierto es que lo parecía, ya que era una impresión que solo se apoderaba de él cuando salía a «investigar» influido por Olga, y recorría las escaleras arriba y abajo, furtivamente, en busca de algo que no habría sabido definir. Era como si en cierto modo explorara el terreno que tendrían que recorrer durante su futura expedición.

La sospecha de ser espiado estaba relacionada con las mirillas de las puertas. Después del sueño, ya no las miraba con los mismos ojos. Mientras bajaba o subía las escaleras —evitando el ascensor—, el instinto le decía que los vecinos advertían su presencia, le observaban por la mirilla y tomaban nota de cada uno de sus pasos.

Una tarde en la que esa impresión era particularmente aguda, Álex bajó hasta el vestíbulo del edificio para huir de miradas indiscretas.

En el vestíbulo no había mirillas, pero los vecinos seguían estando presentes en los nombres que identificaban los buzones.

Álex recorrió con la mirada las cuatro hileras de buzones superpuestos. El orden perfecto de las etiquetas le pareció una farsa. Después de leer las «vidas paralelas» de Olga, le habría parecido más fiel a la verdad que esas etiquetas con los nombres y los pisos de los vecinos se estuvieran mezclando continuamente en un bombo que no dejaba nunca de girar.

Uno de los buzones no tenía etiqueta ni cerradura. Parecía una cara sin ojos, con una boca negra que gritara.

Ese buzón anónimo y ciego le produjo cierta inquietud. Tenía un no sé qué de extraño, algo que le impulsó a echarle un vistazo. Se acercó a él, tras comprobar que el vestíbulo estaba desierto, y lo abrió. El interior estaba pintado del color negro más negro que viera jamás. Esa negrura disimulaba algo.

Lo miró más de cerca. Era un agujero. En la base del buzón había un agujero del tamaño de un puño. Álex metió la mano dentro, pero la sacó enseguida al ver que entraba una pareja con un cochecito. Fingió que inspeccionaba los folletos publicitarios, observando de soslayo como entraban en el ascensor. «Espero que el parásito no se haya aficionado a comerse a los críos», pensó con humor tétrico. Acto seguido, cuando el ascensor se les llevó pozo arriba, Álex inspeccionó de nuevo el agujero del buzón.

El fondo estaba lleno de papelitos doblados. Palpando, notó que había un buen montón. Alargó los dedos y con las puntas consiguió sacar unos cuantos.

Tuvo que esperar a que pasaran tres vecinos más —con la sensación constante de que le miraban disimuladamente—, y por fin los pudo desplegar y leerlos.

Estaban escritos a mano y con bolígrafo verde. Todos contenían una sola frase concisa: «Quiero dejar de fumar», ponía en uno. «Quiero que vuelva mi marido», decía otro. «Quiero recobrar la vista», pedía un tercero.

Todos los papelitos contenían deseos.

Álex los siguió leyendo con un nudo en el estómago, que poco a poco le iba trepando hacia la garganta.

«Quiero que mi hija sea la de antes». «Quiero que mi jefe tenga un accidente grave». «Quiero que mis padres sean los de antes».

Había uno que parecía escrito por Olga. No estaba seguro del todo, aunque la letra era idéntica.

«Quiero que vuelvan mis padres», decía.

Álex no leyó ninguno más. Los dejó de nuevo en el fondo del buzón y lo cerró con mucho cuidado. La cabeza la daba vueltas y los ojos le hacían chiribitas.

El agujero de la cerradura parecía una boca que gritaba de desesperación.

SÉPTIMO

El invierno llegó de repente y empezó a nevar. Álex y Olga habían quedado en una cafetería del centro, lejos de su edificio. Tenía unos ventanales enormes con cristales de colores, que pintaban los copos como si fueran confeti. La calle parecía el escenario de un cuento de hadas. En las mesas había lámparas modernistas en forma de seta: combinaban muy bien con el surtido de tés e infusiones de la carta. Ambos habían pedido hierbas digestivas, como si el giro que había dado la historia fuera muy difícil de digerir.

—Era como un buzón de sugerencias mágico —dijo Álex, al terminar de contarle su descubrimiento. Ella le había escuchado muy atentamente, pero en ningún momento había admitido que sabía de la existencia del buzón, y menos aún que había depositado en él algún deseo. A lo mejor se avergonzaba de no haberlo hecho, como si fuera una muestra de debilidad que se negaba a confesar.

—¿Leíste todos los deseos?

Su voz reflejaba inquietud y hostilidad.

—No… —respondió él, inseguro—. No, todos no.

—No tendrías que haber leído ninguno —dijo ella—. Es peligroso meter la nariz en estas cosas. Puedes salir mal parado.

Él la miró con cara de extrañeza. Olga le observaba con ojos escrutadores, como si estuviera a punto de tirarle de la lengua. Al final, sin embargo, se mordió la suya.

—Los vecinos intuyen una presencia mágica en el edificio —añadió—, y eso les impulsa a pedirle deseos. Por la misma razón, la gente arroja monedas en los pozos y las fuentes, y las tumbas de los famosos están llenas de notas como la que descubriste.

Estuvieron callados un rato, mirando caer la nieve. Álex tenía unos remordimientos inexplicables, como si le hubieran pillado fisgoneando un diario íntimo.

Cambió de tema, para aflojar la tensión del ambiente:

—¿Todavía te sientes con ánimos de hacer la expedición?

—Más que nunca —respondió Olga, rotunda.

Pasaron lentamente las horas que les separaban de la noche de la expedición. Tenía que ser de noche porque todos los vecinos dormirían, y el intruso de la sala de máquinas seguramente habría bajado la guardia.

Cuando llegó el momento, empezaron a prepararse.

Olga se vistió mientras oía como roncaban sus abuelos.

Los padres de Álex se durmieron por fin, cargados de somníferos. Se daban la espalda y cada uno soñaba que se había acostado con una persona distinta.

Él se puso una cazadora que tenía numerosos bolsillos, y en cada uno de ellos colocó un objeto que podía serle útil: una linterna, una navaja suiza, un encendedor, caramelos, un bloc de notas. También guardó varios amuletos: un soldadito de plomo, una figura de un dios egipcio, un naipe y tres dados.

A las doce en punto, bajó las escaleras hasta el piso de Olga y vio que ya le esperaba en el rellano.

Hacía tanto frío que les humeaba el aliento.

Entraron en el ascensor y apretaron el botón del ático. Pero en vez de subir se dieron cuenta de que bajaban, y siguieron bajando directamente hasta la planta baja, donde quedaron completamente atascados.

—No hay forma de hacerlo subir —susurró Álex.

—Por lo visto, él también está despierto —dijo Olga. Apretó con insistencia el botón del ático, pero el ascensor no se movía de ahí, como si un ancla invisible lo hubiera clavado en los cimientos del edificio. Se dio por vencida y añadió—: No tendremos más remedio que subir andando.

—¿Treinta pisos? —exclamó Álex, agobiado.

—Ahora sí que será una verdadera expedición —replicó Olga como si nada.

Salió de la cabina, pero en vez de empezar a subir las escaleras se dirigió al vestíbulo.

—Voy a echar un vistazo al buzón de los deseos —anunció.

—¿Estás segura? —dijo Álex, mirando intranquilo a su alrededor.

Ella no contestó. Se limitó a acercarse rápidamente al buzón de color negro sin cerradura. Lo abrió, se quitó un guante y metió la mano dentro.

—Me parece que se ha llevado todos los mensajes —afirmó al cabo de un momento.

—¿Quién? —preguntó Álex—. ¿Te refieres a él?

—Espera —añadió ella—. Creo que he tocado algo. Ya lo tengo. Es un papel doblado. Aún queda uno.

Se lo enseñó a Álex. Luego se quitó el otro guante, desplegó el trocito de papel y lo leyó en voz baja:

—¿Qué pone? —preguntó Álex, nerviosamente.

Ella le lanzó una mirada que le dejó más inquieto que antes.

—Ya lo sabes —dijo—. No disimules.

—¿«Quiero que vuelvan mis padres»? —murmuró él.

—Sabías que era mío, ¿verdad?

—Sí —admitió Álex.

—Me lo ocultaste.

—Tú también.

—Pues ahora ya lo sabes —dijo ella—. No creo en fantasmas, pero en algo tengo que creer.

—Como todo el mundo.

—¿Y tú? —preguntó ella bruscamente—. ¿En qué crees?

—Todavía no lo sé.

—A ver si esta noche lo descubres —replicó Olga misteriosamente.

Volvió a doblar el papel y a meterlo en el buzón.

—Por si acaso.

Dio media vuelta y empezó a subir las escaleras.

OCTAVO

Así que llegaron al primer piso, medio minuto más tarde, Álex comenzó a presentir que alguien los observaba.

—Últimamente tengo la impresión de que los vecinos me espían —dijo en voz baja—. Fue después de un sueño espantoso, en el que las mirillas de las puertas eran ojos.

Olga se detuvo de pronto, con cada pie en un escalón distinto.

—Yo también —susurró.

—¿Soñaste lo mismo?

—No —contestó ella—. También tengo la impresión de que nos espían.

—¿En este momento?

—En este momento.

Ambos se quedaron inmóviles a diferentes alturas de las escaleras, como dos estatuas.

Álex empezó a notar pinchazos en la piel, como si una serie de miradas invisibles se le clavaran literalmente en el cuerpo.

—Que miren —murmuró—. No verán nada.

Siguió subiendo las escaleras y adelantó a Olga.

Ella reanudó la marcha detrás de él.

En el rellano del segundo piso se encontraron con un vecino. Era calvo, llevaba un batín floreado y una linterna encendida, aunque había luz de sobra. Álex no le había visto nunca, pero el hombre les observaba como si les estuviera esperando.

—¿Quiénes sois? —preguntó bruscamente.

—Vivimos en este bloque —contestó Olga.

—¿En los pisos dieciocho y veinte?

Álex se llevó una sorpresa.

—Sí —respondió.

El vecino se le quedó mirando con desconfianza.

—He recibido una llamada anónima —explicó—. Hará cosa de media hora. Voz de hombre. Me ha dicho que alrededor de medianoche pasaríais vosotros, que ibais a la sala de máquinas del ascensor porque creéis que allí se esconde alguien.

—¿Qué? —exclamó Olga.

—Eso me ha dicho —repuso el vecino, cada vez más suspicaz—. ¿Se puede saber qué clase de broma es esta? Estaba durmiendo, yo.

—No es ninguna broma —afirmó Olga—. En la sala de máquinas hay un intruso que se dedica a manipular el ascensor.

—¿Manipular? —preguntó el vecino—. ¿En qué sentido?

—¿No le ha ocurrido nunca algún incidente, al coger alguno de los ascensores? —preguntó ella.

—¿Incidente? No te entiendo, muchacha. Explícate mejor.

—Algunos vecinos me dijeron que los ascensores hacían cosas raras —aclaró Olga—. ¿Usted no recuerda ninguna?

—¿Cosas raras? —repitió el vecino, enarcando las cejas—. ¿Cómo por ejemplo quedarse encerrado?
—Por ejemplo —respondió Olga—. Averías extrañas, paradas en pisos diferentes, ruidos...
—Ahora que lo dices... —murmuró el vecino.
—¿Qué? —le incitó Olga.
El vecino encendió la linterna de repente y enfocó la puerta oscura del ascensor, como si fuera un puntero.
—Una vez —continuó diciendo— lo cogí para ir a ver a un amigo enfermo que vivía en el piso veintinueve. Cuando ya estaba dentro, subió un desconocido e hicimos el viaje juntos. El ascensor parecía más lento de lo normal. De repente, a medio camino, se detuvo en seco. El hombre de volvió a mí y me dijo: «Mala señal». Pensé que era un comentario cualquiera, pero cuando iba a añadir alguna trivialidad semejante, el ascensor volvió a ponerse en marcha. Habrían pasado cinco segundos escasos. El desconocido se bajó en el piso siguiente, y yo continué subiendo solo.

Apagó la linterna y se apretó el cinturón del batín.

—Cuando llegué a casa de mi amigo, me dijeron que acababa de morir.

—¿Cómo? —exclamó Álex.

El vecino asintió con la cabeza.

—«Mala señal» —repitió a media voz—. Pura casualidad.

—¿Qué aspecto tenía el desconocido? —preguntó Olga—. ¿Se acuerda?

—Ahora que lo dices... —murmuró—. No recuerdo su aspecto, pero la voz del teléfono... Me sonaba.

—¿Podía ser él?

El vecino se encogió de hombros.

—Ni idea —respondió. Respiro hondo, y luego añadió con voz de cansancio—: ¿Se puede saber qué pasa?

—Ya se lo hemos dicho —respondió Olga—: hay un extraño en la sala de máquinas que está jugando con la vida de las personas de este edificio.
—Llamaré a la policía —dijo el hombre del batín.
—La policía no podrá hacer nada —replicó Olga con convicción—. Sería como llamar a un relojero porque nos molesta que pase el tiempo. El intruso no es ningún delincuente. Es como un maquinista manejando una máquina que no termina de entender.
—Yo sí que no te entiendo —admitió el vecino, dando un resoplido—. Tengo muchísimo sueño, ¿vale? Continuad jugando, si queréis, pero no hagáis ruido. Tengo que levantarme temprano, ¿vale? Un servidor trabaja, ¿sabéis? Yo sí entiendo cómo funciona la máquina: trabajas como un esclavo para poder ser libre. Cuando era niño también creía en presencias misteriosas que te dirigían la vida. Después me hice mayor y descubrí que la vida se la dirige uno mismo... o el jefe de su empresa.

Álex se dejó llevar por un impulso incontenible y le preguntó:

—¿No ha deseado nunca que su jefe tenga un accidente grave?

El vecino le apuntó agresivamente con la linterna, como si ya no fuera un puntero, sino un arma.

—¿Qué? —exclamó. Le lanzó una mirada entre furibunda y temerosa, dio otro resoplido, entró en su piso y cerró la puerta pegando un portazo.

—¿Era uno de los deseos del buzón? —susurró Olga, escandalizada.

Álex asintió con la cabeza. Estaba avergonzado y arrepentido de su impertinencia.

—¿Qué mosca te ha picado? —le riñó.

Él meneó la cabeza y se encogió de hombros.

—No lo sé —admitió—. Se me ha ido la lengua.
—Ya te dije que era peligroso meter la nariz en los secretos de los demás —le recordó Olga—. Después ocurren cosas como esta.

Continuaron la ascensión. Del segundo piso pasaron al tercero. El rellano estaba aún más concurrido. Se encontraron con dos mujeres de unos cincuenta años, con todo el aire de ser hermanas. Álex tampoco las conocía, ni siquiera de vista. Vestían batas largas y una estaba fumando un cigarrillo. La otra no paraba de mirar el reloj, nerviosamente, como si a partir de medianoche pudieran pasar cosas imprevisibles en cualquier momento.

—Hemos oído sin querer vuestra conversación con el señor del segundo —dijo la fumadora—. ¿Decíais no sé qué de un intruso que nos vigila?

Olga iba a corregirla, pero dejó que continuara, solo para ver hasta qué punto lo tergiversaba todo. Se limitó a hacer un ademán ambiguo con la cabeza, para incitarla a seguir charlando. Pero no siguió ella, sino la hermana del reloj.

—Esta noche también hemos recibido una llamada extraña —explicó—. Había alguien al teléfono, pero no decía nada. —Se estremeció y se contuvo para no mirar el reloj—. A veces tenemos la impresión que nos vigilan…

Se levantó las solapas y el cuello de la bata. Temblaba de miedo y de frío.

Olga permanecía muda. La hermana fumadora volvió a tomar la palabra.

—Le hemos oído a menudo —dijo—. Sobre todo de madrugada. Oímos que el ascensor se para delante de nuestra puerta y que se baja un individuo. Camina haciendo mucho ruido, con zapatos de hombre. Y empieza a atisbar por la mirilla, desde fuera, intentando ver alguna cosa…

Se calló en seco y dio una chupada al cigarrillo con tanta energía que quemó al menos dos centímetros. Luego expulsó una bocanada de humo que les desdibujó por unos momentos, tal como se estaban desdibujando los hechos.

—Me parece que les ha llamado un hombre que se esconde en la sala de máquinas —afirmó Olga—. Hace tiempo que le seguimos la pista, y hoy hemos decidido plantarle cara.

—¿Vosotros dos? —exclamó la hermana del reloj—. ¿A un hombre alto y robusto como él? ¿A un pervertido?

—No sabemos si es alto y robusto —replicó Olga—. Ni si es un pervertido. Lo único que sabemos es que nos controla la vida por medio del ascensor.

La hermana fumadora apagó el cigarrillo en la tapa metálica de un tubo de pastillas que llevaba en el bolsillo.

—Ya sabía yo que había alguien que nos controlaba —murmuró, encendiendo otro cigarrillo—. Mi marido... —Se calló en seco al ver la mirada de reproche que le lanzaba su hermana. Hizo una mueca de indiferencia y siguió hablando como si nada—: Mi marido se fue con una que conoció en el ascensor, una mujer que limpiaba las escaleras. Una mujer de la limpieza *extranjera* —recalcó despectivamente—. Al parecer llamó el ascensor, una mañana, y encontró dentro casualmente un cubo y una fregona: igual que el dichoso zapatito de la Cenicienta, no sé si me explico. Por lo visto el ascensor olía a lejía, pero también a un perfume especial, que no era ningún detergente... A un perfume *mágico*. Seducido por ese aroma, como en los anuncios más vulgares, mi marido empezó a correr para arriba y para abajo, como un perro en celo, siguiendo la fragancia de la mujer de la limpieza. Hasta que por fin dio con ella y le pudo devolver el cubo y la fregona, como una especie de príncipe de pacotilla, y ella, oh, ella se enamoró de él.

—No es la primera vez que el intruso de la sala de máquinas forma parejas —observó Álex—. Mis padres también se conocieron gracias a él.
—¿Y son felices?
—No.
—Mi marido tampoco —replicó la fumadora, con un gesto amargado—. La mujer de la limpieza desapareció un buen día, tal como había aparecido, pero esta vez no dejó más rastro que el cubo y una bayeta. Como un cuento de hadas, pero a la inversa.
—Es evidente que hay una fuerza superior que nos quiere amargar la vida —intervino su hermana, mirándose el reloj—. Mi marido también me dejó, por culpa del ascensor.
—¿También? —preguntó Olga.
—En pocas palabras —añadió la mujer—: vivíamos en el piso treinta. Estaba averiado. El ascensor, quiero decir, no mi marido. Nuestra relación sí lo estaba. Nadie se siente con fuerzas de bajar a pie treinta pisos y volverlos a subir con el único propósito de ir a comprar tabaco. Sobre todo si tienes los bronquios alquitranados como una carretera comarcal. —Lanzó una mirada de reproche a su hermana fumadora—. Como estaba diciendo, mi marido se había quedado sin tabaco, pero el ascensor no funcionaba. Habíamos avisado al técnico dos días antes, pero no había forma humana de que se presentara. Entonces, de improviso, el ascensor se reparó solo. En el peor momento, diría yo. En el momento más peligroso. Mi marido lo pudo coger para ir a comprar cigarrillos, pero una vez abajo, cuando ya estaba en la calle, se averió de nuevo. El ascensor, quiero decir, no mi marido. Como si se hubiera reparado aposta para dejarlo huir de casa. A veces pienso que habría vuelto, pero cuando vio

que tenía que subir treinta pisos a pie, decidió que el esfuerzo no valía la pena, y por eso se largó. Como si ya hubiera hecho bastantes esfuerzos en la vida. Sí, a veces pienso que la culpa fue de este maldito ascensor. Y también pienso que volverá tarde o temprano. —Se miró el reloj por enésima vez—. Más tarde que temprano, seguramente...
Los puntos suspensivos dejaron un poso de amargura en el ambiente helado del rellano.
—No creo que haya ninguna fuerza superior —dijo Olga—. Es «superior» simplemente porque se esconde en lo más alto del edificio. Y es una fuerza como lo es la electricidad, porque siempre ataca a traición.
Las dos hermanas la miraron inexpresivamente.
—Vosotros todavía sois jóvenes y optimistas —dijo la fumadora, echando humo—. Todavía creéis que al hombre de la sala de máquinas se le puede vencer. Eso es porque la vida no os ha dado aún ninguna lección.
—Buenas noches —dijo su hermana—. Y buena suerte.
Entraron en su casa y dejaron en la escalera el hedor triste del tabaco consumido, como el olor de dos vidas que se han convertido en humo.
—¿Continuemos? —dijo Olga.
Álex estaba mustio.
—Anímate, hombre —dijo Olga—. Que todavía somos *jóvenes y optimistas*.
Él respiró hondo.
—Adelante —dijo.
Lo que no le dijo, sin embargo, es que la conversación con las hermanas le había traído a la memoria otros dos deseos depositados en el buzón: «Quiero dejar de fumar» y «Quiero que vuelva mi marido».
Ahora ya sabía quiénes eran sus autoras.

NOVENO

En los dos rellanos siguientes no les esperaba nadie; solo advirtieron la presencia omnipresente de los espías. Álex se imaginaba que los vecinos que se no se atrevían a dar la cara debían de haber sufrido las peores maquinaciones del parásito de la sala de máquinas. Se imaginaba vidas destrozadas por la diabólica energía cinética del ascensor, fortunas transformadas por una simple parada en la planta errónea.

Álex y Olga no corrían, pero las voces sí.

En la sexta planta encontraron abiertas dos puertas del rellano: la C y la D. Allí reinaba un silencio absoluto, tanto en el interior de los pisos como fuera, por eso resultaba aún más chocante ver a dos parejas de ancianos que bailaban lentamente en el mismo rellano, tapados con abrigos y bufandas. Los señores cogían a las señoras por la cintura, y ellas tenían las manos colocadas púdicamente en la espalda de sus compañeros.

Olga y Álex se quedaron pasmados al ver esa escena insólita.

Los hombres llevaban un CD de bolsillo colgado del cinturón. Del aparato salía un cable que se dividía en dos auriculares, y cada uno estaba fijado en la oreja de un bailarín, de modo que cada pareja compartía la música.

Si escuchabas con atención, alcanzabas a oír una orquesta, pero muy lejana y amortiguada, como si estuviera formada por músicos liliputienses.

Cuando repararon en su presencia, se fueron deteniendo con parsimonia, se separaron y se quitaron los auriculares.

—Por fin habéis llegado —dijo una de las mujeres—. Hace días que os esperamos.

—Corría la voz de que ibais a venir pronto, pero nadie sabía la fecha exacta —añadió su compañero.

—No podíamos dormir por los nervios —admitió la otra—. Menos mal que todavía podemos bailar.

—Bailábamos toda la noche —intervino el cuarto anciano—. Así engañábamos el sueño.

Olga y Álex les miraban atónitos.

—¿Les llamó alguien diciendo que vendríamos? —preguntó ella.

—No —contestó la que había hablado en primer lugar—. Corrían rumores.

—La gente dice que os preguntemos si sabéis algo de nuestro hijos —añadió su compañero de baile, que también era su marido, pasándole el brazo por los hombros.

—¿De sus hijos? —preguntó Olga, confundida.

La primera pareja señaló a la segunda.

—Nuestro hijo y el suyo desaparecieron cincuenta años atrás —explicó la mujer—. Jugaban juntos en las escaleras. Dos testigos vieron que subían al ascensor. Ya no hemos sabido nada más de ellos. Pronto hará cincuenta años.

—¿Cincuenta años? —exclamó Álex.

Las dos parejas asintieron con la cabeza, perfectamente coordinadas, como si fuera un movimiento de baile.

—Nosotros no sabemos absolutamente nada —admitió Olga.

Los viejos les miraron decepcionados.

—¿Tampoco sabéis si es verdad lo que dicen de la entreplanta?

—¿Qué entreplanta? —replicó Olga.

Respondió el marido de la primera mujer:

—Dicen que si marcas una clave con los botones del ascensor, este se detiene en una planta secreta situada entre dos pisos...

—La entreplanta —precisó su mujer—. Tal vez nuestros hijos fueron a parar allí y se perdieron.

—O les secuestró alguien que estaba escondido en ese lugar —sugirió el otro marido.

—Dicen que andáis buscando a un hombre que se oculta en la sala de máquinas —intervino su mujer—. A lo mejor fue él quien les secuestró. Puede que fuera el habitante de la entreplanta.

Olga meneaba la cabeza continuamente, negándolo todo, cada vez más perpleja.

—Es cierto que en la sala de máquinas hay un intruso —dijo—. Y también es cierto que queremos desenmascararle. Pero jamás hemos oído hablar de ninguna entreplanta.

—¿Jamás? —dijo la mujer de la segunda pareja.

—Jamás.

Las dos parejas se juntaron de nuevo. Las manos rodearon hombros y cinturas.

—Da igual —dijo la primera mujer—. Seguiremos bailando, como siempre. Si descubrís algo, ya sabéis dónde estamos.

—Lo importante es no parar nunca —replicó su marido.

Volvieron a colocarse los auriculares, se aislaron del mundo exterior y reanudaron su baile interminable y pausado. La orquesta seguía tocando en sordina.

—Vale —dijo Álex.
Pero ya no le oyeron.

Cuantas más escaleras subían, más frío era el ambiente. Por las claraboyas de cristal esmerilado, fijadas en la pared de los rellanos, se podía ver como caía la nieve en silueta.

—No entiendo nada —confesó Álex, sentándose en un escalón—. Se están inventando nuestra vida y milagros.

—Especialmente los milagros —dijo Olga—. Por lo visto, tenemos el deber de saberlo todo y llevamos varios días caminando.

—Cuanto más arriba estamos, más subimos de categoría.

—¿Sabes lo que ocurre? —dijo Olga—. Que yo misma, haciendo preguntas a todo el mundo, puse en marcha los rumores. Los vecinos se limitan a hacerse eco de estos rumores, y todos se acuerdan de incidentes que en su momento pasaron desapercibidos, o fueron interpretados mal.

—¿Y las llamadas que han recibido algunos?

—El intruso sí que lo sabe todo —respondió Olga—. Sabía, no sé cómo, que nos proponíamos subir a la sala de máquinas, y ha puesto al corriente a varios vecinos.

—Pero, ¿por qué lo ha hecho?

—Ni idea —admitió Olga—. Parece que pretenda difundir la noticia de su existencia, y nos quiera incluir en ella, como si también quisiera que formáramos parte de esta leyenda.

—Todos los San Jorges necesitan un dragón —murmuró Álex tétricamente—. Me gustaría saber cómo terminaremos nosotros: si muriendo o matando…

—No creo que tengamos que matar a nadie —replicó Olga—. Y yo, personalmente, espero salvar el pellejo.

—¿Crees que el intruso ha decidido dar la cara? —preguntó Álex—. ¿Crees que puede tener tanta cara?
—Cuando un dios, por insignificante que sea, da la cara, no se dice que «tiene cara», sino que se ha revelado —razonó Olga—. Una servidora estudió en una escuela religiosa.
—Se ha revelado y nos ha revelado —dijo Álex, levantándose—. ¿Qué hacemos, pues? ¿Continuamos?
—Continuemos.

La siguiente planta estaba completamente a oscuras, y la bombilla de la escalera no se encendía, por mucho que Álex apretara el interruptor.
—A mí la luz no me hace falta —dijo una voz de hombre.
Olga se agarró instintivamente al brazo de Álex, que se había asustado tanto como ella.
—Soy ciego, ¿sabéis? —aclaró el hombre que hablaba en la oscuridad.
—Ah, buenas noches —le saludó Olga, respirando más tranquila—. ¿No hay ninguna luz en este rellano?
—En este momento, no —respondió él. Y luego añadió—: He oído vuestra conversación con los bailarines de la tercera edad. Los ciegos tenemos un oído muy fino, ¿sabéis? El mío es tan fino que hasta oía la música con la que bailaban.
—¿Ah, sí? —dijo Álex—. ¿Y qué le ha parecido?
—Demasiado clásica para mi gusto —respondió.
—Me refería a la conversación —concretó Álex.
—Yo estuve en la entreplanta.
—¿Qué? —exclamaron los dos al unísono.
El hombre invisible se quedó callado.
—¿Oiga? —dijo Olga, muy nerviosa.

—Es cierto —continuó él, rompiendo el silencio—. Como decían los viejos, había un código secreto para acceder a ella. Lo descubrí sin querer. Un día me equivoqué al apretar los botones del ascensor. Marqué la clave por casualidad. Así fue cómo me dejó en ese lugar. Creía que me encontraba en mi casa, pero había ido a parar a la entreplanta.

Hizo una pausa. Olga estrechó con más fuerza el brazo de Álex.

—¿Encontró alguna pista de los niños desaparecidos? —preguntó él.

—Olfateé algo terrible —admitió.

—¿Tuvo un presentimiento? —preguntó Olga.

—No, lo digo al pie de la letra —replicó él—: olfateé el hedor de la muerte.

Hizo otra pausa. El silencio y el espanto espesaron la oscuridad.

—Era un lugar donde podías oler la muerte y el peligro —añadió—. Y otra cosa invisible, también. El aire estaba cargado de miedo y de amenaza. Podéis estar bien seguros.

El brazo de Olga se había soldado con el de Álex.

—No entiendo cómo llegué allí —prosiguió el ciego—. Pero entiendo todavía menos cómo conseguí escaparme. Era un lugar habitado, no me cabe la menor duda. Noté una presencia voraz y desesperada... pero que esperaba algo. Algo que se hacía esperar demasiado. Por una vez en la vida me alegré de ser ciego. No sé lo que habría visto, ni si habría visto nada, pero la mera posibilidad de entrever algo me impulsó a cerrar los ojos. Imaginadlo: ¡un ciego que cierra los ojos porque tiene miedo de ver!

Álex no se lo podía imaginar, pero recordó otro mensaje del buzón: «Quiero recobrar la vista». Si era el ciego quien había pedido aquel deseo, ¿tan terrible sería su miedo para estar dispuesto a renunciar a él?

—He oído que queréis entrar en la sala de máquinas del ascensor —prosiguió—. Que estáis convencidos de que ahí se oculta alguien. Yo no lo haría, después de mi experiencia. Pero supongo que alguien tiene que dar el primer paso para que los demás puedan caminar, ¿no os parece?

—Sí —admitió Olga, sin saber a qué se refería exactamente.

—Que se cumpla vuestro deseo —añadió el ciego—. Que se cumplan los deseos de todos.

Álex sintió un escalofrío inexplicable.

Él y Olga se despidieron del ciego y siguieron escaleras arriba, buscando la luz del próximo rellano.

En la entrada del piso B había una niña con una muñeca en cada mano. Concretamente, un muñeco y una muñeca. Llevaba puesto un albornoz azul, que la tapaba de arriba abajo, y unas zapatillas blancas en forma de tiburones. Tenían las bocas abiertas y repletas de dientes.

—Sois vosotros, ¿verdad? —preguntó.

Olga carraspeó.

—¿Qué entiendes por «vosotros»? —dijo con la voz ronca.

—Los que vais a matar al monstruo.

—¿Nosotros?

La chiquilla le enseñó el muñeco y la muñeca.

—Duermo con vosotros en la cama para que me protejáis, y entonces sueño que matáis al monstruo y hacéis volver a mis padres.

Olga se arrodilló delante de ella, en actitud maternal.

—¿Has visto alguna vez a ese monstruo? —preguntó.

La niña bajó la voz.

—He visto a dos —respondió en un susurro. Se balanceó de un lado a otro, y las bocas de las zapatillas tiburones mordieron el vacío—. Dicen que son mis padres... pero mis padres verdaderos se perdieron. Estos llegaron una noche. El ascensor me los cambió.

—No puede ser —dijo Olga—. Lo habrás soñado.

—Sí que sueño —repuso la niña—. Sueño que me devolvéis a mis padres verdaderos.

«Y luego lo escribes y lo dejas en el buzón de los deseos», se dijo Álex. «Tus padres hacen lo mismo, seguro que no lo sabes. ¿Quién tiene razón? ¿Qué os habrá ocurrido?»

En todas las familias había misterios: todas las familias eran misterios.

—Vuelve a acostarte —dijo Olga—. Nosotros aún tenemos trabajo. —Y añadió—: Haremos lo que podamos.

—Adiós —se despidió la niña, cerrando la puerta.

A Álex le pareció que veía a alguien detrás de ella, al fondo del pasillo. ¿Sería su padre? ¿Sería el *monstruo*?

DÉCIMO

Subieron tres pisos más, en silencio. Todos estaban bien iluminados, como si el paréntesis de oscuridad se hubiera cerrado para siempre.

—Era él, ¿verdad? —preguntó Álex.

—¿Quién?

—¿El habitante de la entreplanta y el intruso son la misma... cosa?

—Espero que sí —replicó Olga—. No me gustaría que hubiera dos.

—Soñé que me esperaba en el ascensor —recordó Álex—. Me agarraba del cuello con unas uñas muy largas.

—Uñas y tiburones —murmuró Olga—. Monstruos, tiburones y uñas.

Y risas convulsivas.

Venían del piso siguiente. No había ningún motivo visible de hilaridad, pero hasta ellos llegaba una risotada interminable y mecánica. Parecía que se fuera a terminar, pero enseguida empezaba de nuevo.

En el rellano siguiente encontraron a una enfermera regordeta —con cofia incluida—, que cuidaba a un chico esquelético sentado en una silla de ruedas. Las risotadas salían de su boca, con una crepitación desagradable que recordaba el ruido de una matraca.

—Eloy no tiene cura —les explicó la enfermera nada más verles—. Se ríe y se ríe sin parar, las veinticuatro horas del día. Cuando duerme se calma un poco, y cuando despierta vuelve se reírse como ahora. No se cansa nunca.

El chico se volvió a ellos y se rio en su cara. Tenía los labios agrietados y resecos a causa de la tirantez constante. La enfermera se los untó con una pomada.

—Dicen que cuando miras al fondo de un abismo, este te devuelve la mirada —sentenció—. Eloy no miró por ningún abismo, sino por el pozo del ascensor. Lo que vio en él le dejó en este estado.

—¿Qué es lo que vio? —preguntó Olga. Tenía ganas de taparse los oídos: no porque tuviera miedo de la respuesta, sino para dejar de oír esa risa fastidiosa de autómata.

—Nadie lo sabe —respondió la enfermera—. Sus padres le encontraron tendido en el suelo, delante de la puerta abierta del ascensor. No saben si la abrió él, o no. Al otro lado había el pozo vacío y oscuro. A partir de aquel día no ha dejado de reírse. Es un caso incurable.

—¿Incurable del todo? —dijo Álex, horrorizado.

—En teoría, sí —contestó la enfermera—. Por eso os esperaba. He oído que sois los únicos que podéis salvar este edificio.

—¿Cómo? —exclamó Olga, estupefacta. No conseguía acostumbrarse a su fama creciente.

—Es lo que opina la gente —replicó la enfermera—. Corre la voz de que en la sala de máquinas del ascensor se oculta un parásito que se divierte atormentando a todo el mundo. A lo mejor Eloy le vio la cara. Tal vez se curará, si vosotros termináis con él.

—¡Ja, ja, ja, ja...! —exclamó Eloy, como si le riera la gracia.
—Su cara es difícil de ver —admitió Álex—. Y supongo que terminar con él será más difícil aún.
—Me consta que vosotros sois capaces de todo —repuso la enfermera—. Se comenta que habéis curado a algunas personas con vuestra sola presencia.
—¿Cómo? —murmuró Álex, estupefacto.
—Y tanto —recalcó la enfermera—. ¿Os importaría tocar a Eloy? A modo de prueba, quiero decir. Como un experimento.
—En absoluto —dijo Olga.
Ella y Álex alargaron las manos, con cierta aprensión, y las colocaron encima de su cabeza.
Él volvió los ojos hacia arriba y prorrumpió en risotadas aún más fuertes.
—El ascensor —dijo entre dientes, medio asfixiándose—. Está subiendo...
Era verdad: acababa de ponerse en marcha la maquinaria que lo llevaba pozo arriba. ¿Era algún vecino? ¿O una nueva maquinación del intruso?
—Diles adiós, Eloy —dijo la enfermera, empujando la silla hacia la entrada de uno de los pisos.
Él, sin embargo, no podía parar de reírse. Y se continuó riendo detrás de la puerta cerrada, cada vez más lejos.

—Cuidado —dijo Olga.
El ascensor pasó por delante de ellos, un rectángulo de luz fugaz, y se detuvo un piso más arriba.
Subieron corriendo y observaron atemorizados la puerta de cristal.
—Me parece que oigo venir el otro —dijo Álex.

No se equivocaba: el segundo ascensor, al cabo de un momento, se paraba junto al primero.

Los dos estaban vacíos. En el interior sonaba una música meliflua de sala de espera.

—Nos pone a prueba —dijo Álex—. Quiere que escojamos uno.

—Dos puertas, dos destinos —insinuó Olga—. El destino que escojamos no tiene importancia. Él siempre jugará con ventaja.

—A lo mejor se ha cansado de jugar.

Entraron en el primer ascensor y apretaron el botón del ático.

—Vale más que recemos —dijo Olga.

Inesperadamente, sin embargo, la cabina arrancó en la dirección que deseaban.

—¿Vamos bien? —dijo Álex, sorprendido.

—Vamos bien.

El indicador iba señalando los pisos obedientemente. El hilo musical amenizaba el trayecto, como si estuvieran dentro del ascensor más normal del mundo.

Aunque subían, sin embargo, no llegaron al ático. Se detuvieron antes, en el piso veinte.

—No hemos llegado al ático —dijo Olga—, pero por lo menos nos hemos ahorrado una buena caminata.

Álex se volvió a ella con cara de preocupación.

—¿Cómo se explica que hayamos parado precisamente en mi casa?

—No pensarás que es un mal presagio, ¿verdad? —insinuó Olga—. Como la historia que nos ha contado aquel vecino.

—¿La del amigo muerto?

—Exacto.

—Ya no sé qué pensar —admitió él.

Dudaban. No se atrevían a salir ni a permanecer dentro, no fuera caso que les arrastrara de nuevo hasta la planta baja. Habría sido agotador repetir el trayecto y volver a encontrar a las mismas personas.

—¿Salimos?

—Salgamos.

Se armaron de valor y salieron al rellano del piso veinte.

Les envolvió la penumbra. La puerta del piso era el único objeto definido, iluminada por la escasa luz del ascensor. Los límites del rellano se esfumaban como si no terminaran de existir, y la música resonaba de manera espectral, acentuando la impresión de vacío.

—No es mi casa —dijo Álex con un hilo de voz.

—¿Qué?

—El ascensor indicaba el piso veinte, pero eso no significa que lo sea.

Olga avanzó un paso, pero Álex la cogió del brazo.

—No te muevas —le ordenó—. Sobre todo, no te muevas.

Se sacó del bolsillo la llave de su casa y trató de meterla en la cerradura.

—No encaja, ¿lo ves? —dijo.

—¿A dónde hemos ido a parar, pues? —susurró Olga.

—¿A la entreplanta?

—No puede ser. No existe.

—Debe de existir.

—Fíjate —observó Olga—. Diría que la puerta no está bien cerrada.

Alargó la mano, con pies de plomo.

—Vigila —murmuró Álex, asustado.

Olga empujó la puerta: primero con suavidad, luego con más fuerza. El segundo empujón hizo que se abriera con un chirrido. El otro lado estaba completamente a oscuras, con una oscuridad tan espesa que la luz del ascensor no conseguía penetrarla.

A sus pies aullaba un viento helado, procedente de las entrañas del edificio.

—Hay un pozo —anunció Olga a media voz—. Y me parece que es muy, pero que muy profundo.

Los dos se acercaron medio paso y se inclinaron ligeramente. La boca redonda del pozo se insinuaba al otro lado de la puerta, casi invisible, como el contorno de un agujero negro en algún punto del universo.

—¿Crees que…? —comenzó a decir Olga. Pero no se sintió con ánimos de terminar la frase.

—Sí, lo creo —respondió Álex, leyéndole el pensamiento—. Los dos chicos aquellos debieron de caerse en este pozo.

—¿Crees que es un trampa? —murmuró Olga, horrorizada—. ¿Que está hecho aposta?

—Es lo que parece, ¿no? —admitió Álex—. El ascensor te deja en un sitio que podría ser tu piso. Abres la puerta… y te precipitas en el vacío.

Olga lanzó un suspiro tembloroso.

—Los dos chicos desaparecieron hará cincuenta años —recordó—. Es la edad de este edificio, más o menos. Se me acaba de ocurrir una teoría espantosa, que explicaría la existencia de este agujero trampa. Pero es tan espantosa que cuesta de creer. Me tomarás por loca.

—Nunca te he tomado por loca —repuso Álex—. Ni siquiera al principio.

Ella respiró hondo.

—Vale —dijo—. Antiguamente enterraban a personas en los cimientos de los edificios.

—¿A personas vivas?

—No lo sé —reconoció ella—. Seguramente. Lo hacían a modo de ofrenda dedicada a los dioses protectores de la casa. Estaban convencidos de que protegerían a sus habitantes.
—¿Antiguamente? —preguntó Álex—. ¿Muy antiguamente lo hacían?
—Me parece que en la época romana —contestó Olga—. Y también en la Edad Media. Puede que incluso más adelante.
—¿Como cincuenta años atrás?
Olga se encogió de hombros.
—Puede ser... —dijo—. Imagínatelo. El constructor cree en estas cosas. Evidentemente, no piensa sacrificar a una persona de cara al público, como el que bautiza un barco con una botella de champán. Eso no se hace, hoy en día. Ni siquiera está dispuesto a hacerlo en secreto. Tengamos en cuenta que es una persona decente, un pez gordo de los negocios inmobiliarios. Pero hay muchas formas de hacer las cosas. Formas disimuladas, casuales casi. Tiras las piedra, escondes la mano y no te la ensucias. Solo hace falta que prepares la trampa y te desentiendas de ella. Si cae alguien, casi no será por tu culpa. Siempre puedes decir que ha sido un accidente. Suponiendo que lo descubran, claro.
—A ver si lo entiendo —dijo Álex—. Construyeron un edificio con una trampa para invocar a los dioses protectores. —Señaló el suelo con el dedo—: ¿Este agujero?
—Este agujero.
—Y los chicos que cayeron en él fueron a parar a los cimientos.
—Puede ser —admitió Olga.
—Y murieron como víctimas de un sacrificio encubierto.

—Es mi teoría.
Álex se levantó el cuello de la cazadora. El viento subía de los cimientos mezclado con un hedor a descomposición, parecido al que se acumulaba en ciertos rincones de los cementerios.
Bajó la voz y se apartó de la corriente que surgía del pozo.
—Acabo de recordar las palabras del ciego —dijo—. El hedor del que hablaba...
Olga se llevó el dedo a los labios.
—*Chisss* —dijo—. No digas nada más. No quiero volver a oírlo.
Álex enmudeció en seco; respiraba por la boca.
—¿Es posible que el intruso nos haya empujado hasta aquí, con el propósito de hacernos caer en la trampa?
—Ni idea —respondió Olga, con una contundencia espoleada por el miedo—. Aunque desde aquí no podría controlar el ascensor.
—Tienes razón —replicó Álex, aliviado—. No sabes cuánto me alegro de oírlo.
Respiró hondo, esforzándose por dejar al margen la nariz.
—¿Quién es el intruso? —preguntó a continuación—. No es ningún hombre, ¿verdad?
—Ni tampoco una mujer.
Álex hizo una mueca.
—¿Es un dios protector?
—Si llevamos mi teoría hasta las últimas consecuencias, sí.
—Pensaba que no creías en fantasmas.
—En fantasmas, no. Pero los dioses son más complicados.

—¿Y este a quién protege? —preguntó Álex con escepticismo—. No parece que a los habitantes de esta casa nos haya protegido mucho.

—Supongo que el principal beneficiario fue el presunto autor del sacrificio.

—¿El constructor?

—Exacto —respondió Olga—. Él no ha dejado nunca de enriquecerse. Hizo dinero al principio, gracias a este edificio, y cada vez ha ganado más revendiendo pisos baratos a precios astronómicos. Esto le ha permitido construir pisos nuevos y continuar enriqueciéndose. A base de sacrificios, seguramente.

—«A base de sacrificios» —dijo Álex, pensativo—. Es lo que dicen los millonarios cuando les preguntan cómo han hecho su fortuna...

Estuvieron un rato en silencio, abrumados por sus propias elucubraciones.

—¿Los sacrificios duraban para siempre? —preguntó Álex por fin—. ¿O tenían fecha de caducidad y había que renovarlos?

—No lo sé —admitió Olga—. Pero no me gusta pensar que nos han llevado hasta aquí como carnaza para los cimientos.

—Ya sé que no quieres que te lo recuerde —dijo Álex—, pero el ciego ha dicho que notó una presencia que esperaba algo que se hacía esperar. Una presencia que tenía hambre.

—«Voraz y desesperada» —recordó Olga—. A lo mejor el dios cumplió con el contrato, hizo rico al propietario y luego se quedó sin trabajo. Ya sabes lo que dicen: que entre el ocio y el vicio solo hay un paso.

—¿Insinúas que el dios protector empezó a aburrirse? —preguntó Álex—. ¿No crees que pudo emigrar?

—No —afirmó Olga rotundamente—. Se ha quedado aquí, muerto de aburrimiento. Es un dios holgazán. Se tiene que entretener de algún modo. Así, jugando, va pasando el tiempo.

—¿A qué juega, según tú?

—A los dados, seguramente —respondió Olga.

—¿Cómo lo sabes?

—Cinco dados por seis caras, treinta caras —calculó ella, como si volviera a sus estadísticas—. Treinta caras igual a treinta pisos. Cada tirada determina el modo en que moverá los cables del ascensor.

—¿Así que es un dios ludópata? ¿Un dios vicioso y ocioso?

—Juega para matar el rato —respondió Olga—. Mientras espera a que ocurra aquello que tanto se hace esperar.

—¿Otro sacrificio?

Ella se limitó a suspirar profundamente, y el vapor le salió de la boca como si expulsara un pedazo de su alma.

—Quiero largarme —dijo Álex, horrorizado—. No tengo ganas de estar más tiempo suspendido entre dos bocas que quieren devorarme.

—Llamemos al otro ascensor —propuso Olga—. A ver si responde.

Dieron media vuelta y apretaron el botón para hacer bajar —o subir— el segundo ascensor.

—No funciona —dijo Olga.

—Se veía venir, que no vendría —murmuró Álex—. No tendremos más remedio que volver a coger el primero.

—Ya no —dijo Olga.

El primer ascensor se había esfumado sin que se dieran cuenta.

—¡No! —exclamó Álex, pegando un puñetazo al cristal helado de la puerta—. ¡No! —Abrió la mano dolorida y empezó a clavar el dedo en el botón, como si fuera el ojo invisible que parecía espiar todos sus movimientos.

No sirvió de nada: el primer ascensor también se hacía el sordo.

—Estamos atrapados en la entreplanta de la muerte —dijo Olga tétricamente.

Miraron a su alrededor: estaban atrapados en un pasadizo estrecho que unía tres pozos negros situados detrás de tres puertas oscuras. La desaparición del ascensor les había dejado en medio de una claridad fúnebre procedente de dos luces de seguridad fijadas en lo alto de las puertas metálicas.

—Tiene que haber una clave —dijo Álex, desesperado—. Una clave que nos permita encontrar alguna salida.

—¿Te refieres a un código secreto para hacer regresar los ascensores? —preguntó Olga—. ¿Cómo el que te transporta a este lugar?

—Así es —respondió Álex.

—Ya lo he encontrado —dijo Olga de pronto—. No es una clave, sino una llave.

En la pared había una caja roja que contenía una llave especial.

—¿Qué es esto? —preguntó Álex.

—Juraría que sirve para abrir las puertas de los ascensores —contestó Olga—. «Rómpase en caso de urgencia» —leyó—. ¿El nuestro es un caso de urgencia?

—Es un caso desesperado —repuso Álex. Levantó el puño y lo descargó con satisfacción contra la tapa de plástico transparente.

Olga descolgó la llave y se acercó a las puertas de los ascensores.

—¿Cuál de ellas quieres abrir?

—Cualquiera —contestó Álex—. Las dos, quieras que no, nos llevarán a mirar hacia el fondo del abismo.

Olga abrió la del segundo ascensor.

—Y el abismo nos devolverá la mirada... —susurró.

Un rectángulo negro miraba a un agujero completamente oscuro. Los dos se asomaron a él con mucho cuidado. Álex tuvo la impresión de que metía la cabeza en un túnel vertical, y que el tren podía pasar en cualquier momento y decapitarlo. Se echó para atrás bruscamente, atemorizado.

—Si tuviéramos una linterna... —dijo Olga.

—No sé si decírtelo... —dijo Álex, dubitativo.

—¿El qué?

—Que tengo una linterna —respondió él, sacándola del bolsillo—. Te juro que no me acordaba.

—Habría preferido que no te acordaras —murmuró Olga—. Ahora no tendremos más remedio que meternos de cabeza en el pozo.

Álex le dio la linterna.

—Toma —dijo—. Inspecciona el terreno.

Olga alumbró el interior del pozo y sacó de su oscuridad perpetua a una serie de mecanismos inquietantes: haces de cables atornillados en la pared, tubos que se extendían en todas direcciones, placas que encajaban con otras placas. Luego dirigió la luz hacia abajo y puso al descubierto una sucesión de puertas que se repetían y se iban empequeñeciendo, como reflejadas entre dos espejos. Una escalerilla recorría el pozo, indicando que era posible subir y bajar por él, internarse en su negrura de intestino ciego, sin otra posibilidad que ascender o descender con esa lentitud propia de las pesadillas.

En ese momento se tapó la boca y dio un respingo.

—¿Qué ocurre? —dijo Álex, alarmado.

—Fíjate en eso —dijo ella con la voz entrecortada.

Álex dirigió la vista hacia el fondo del pozo y vio que había un montón de objetos desparramados que centelleaban y resplandecían.

—No termino de ver lo que son... —dijo inseguro—. Están muy lejos.

—Le gente arroja monedas a las fuentes, ¿no te acuerdas? —murmuró Olga.

—¿Qué? ¿Quieres decir que son joyas?

—Anillos, monedas, pendientes, perlas... —enumeró Olga—. Hay de todo. ¿Anillos de compromiso? ¿Regalos de aniversario? De todo.

—¿No pueden haberse caído por casualidad?

Olga se volvió a él, hizo un mohín y negó con la cabeza lentamente.

—Ya —admitió Álex—. No sé por qué se me habrá ocurrido.

—Tienen que ser ofrendas dedicadas al intruso —susurró Olga, recorriendo aquel tesoro con la luz de la linterna—. Los vecinos le piden deseos y le hacen ofrendas para ganarse su benevolencia. Se ha hecho desde tiempos inmemoriales. Deben de intuir su presencia más de lo que pensaba.

—¿Quieres decir que tienen fe en él?

—Al principio, tal vez —contestó Olga—. Algunos deseos se cumplirían, pero más adelante...

—Más adelante se dieron cuenta de que no se habían cumplido como Dios manda.

—Seguramente —admitió Olga—. Los deseos no tienen fin, ya lo sabemos. Si las personas no se entienden entre ellas, ¿cómo se van a entender con los dioses? Entre todos han transformado a una divinidad protectora en un dios ludópata y caprichoso.

Álex no podía apartar la vista de las joyas acumuladas en el fondo del pozo. De repente se acordó de los «talismanes» que se había llevado consigo y se los sacó del bolsillo: un dios Anubis de plástico que encontró en una caja de cereales, un naipe de póquer —la dama de corazones—, un soldadito de plomo y los dados.

—Yo también quiero ofrecerle algo —dijo. Se puso en la mano los tres objetos—: Elige uno.

Olga tomó el dios egipcio que representaba a un hombre con la cabeza de un chacal.

—Un dios de juguete para un dios jugador —dijo. Y lo arrojó al pozo.

A continuación, con mucha cautela, dirigió hacia arriba la luz de la linterna.

—Buenas noticias —dijo con la voz ronca—. Seis pisos más y estaremos en el ático.

—Qué suerte —dijo él—. Me muero por meterme en la boca del dios.

ONCE

Cuando era pequeña, Olga había escalado por dentro la chimenea de una fábrica. Era un cilindro de ladrillos que se alzaba solitario en medio de un campo, como si hubiera brotado del suelo o caído del cielo; un objeto tan chocante e incongruente que pedía a gritos que lo explorasen. Mientras trepaba a solas en la penumbra, agarrándose con fuerza a los escalones de hierro empotrados en la pared, no apartaba la vista del «ojo» que se abría en lo alto, a una distancia que parecía infinita. El viento le aullaba en los oídos, y ella se sentía minúscula en el interior de aquel abismo invertido, se sentía insustancial como el humo que ascendía por él cuando aún existía la fábrica. Y cuanto más se acercaba al «ojo», más insignificante se sentía, como si aquel agujero azul fuera la pupila fija de un dios indiferente, a quien la daba igual que subiera o bajara, que llegara a lo alto o se precipitara en el vacío.

Un pánico súbito la había impulsado a echarse atrás y desandar el camino deprisa y corriendo.

En ese instante había presentido por primera vez su propia mortalidad.

Se acordó de repente, mientras ella y Álex empezaban a escalar el pozo del ascensor. El recuerdo le provocó el mismo vértigo que aquel día lejano, la misma sensación de ser mortal. Ella y Álex se acababan de introducir como si nada en el pozo de un ascensor habitado por un ser inexplicable, y, con toda la naturalidad del mundo, estaban trepando por una escalerilla herrumbrosa que se podía desprender en cualquier momento.

O que podía desprender él en cualquier momento.

Sin contar con la posibilidad de que el ascensor, dirigido también por él, empezara a bajar como una prensa móvil que les reduciría a dos dimensiones en un abrir y cerrar de ojos.

De ahí que hubieran dejado abierta, por seguridad, la puerta por la que se habían colado en el pozo.

No se atrevían a decir palabra. Ambos tenían el corazón en un puño. La frase nunca había sido más acertada, ya que lo notaban latir sordamente entre los dedos con que se aferraban a las barandas. No se atrevían a abrir la boca: no querían desperdiciar ni una bocanada del aliento incomprensible que les impulsaba pozo arriba.

La ascensión tenía lugar en cámara lenta, con la parsimonia angustiosa que comunican los músculos encogidos de miedo a todos los miembros del cuerpo. Olga tenía pánico a que le diera un calambre, a quedar agarrotada como una prolongación de la escalera y precipitarse en el vacío arrastrando a Álex con ella. Los dos, se lo imaginaba perfectamente, quedarían tendidos sobre las joyas, teñidas definitivamente con la sangre de aquel próximo sacrificio acerca del cual especulaban un rato antes.

No tenía que pensar en ello. Tenía que fijar la mirada en los rectángulos grises de las puertas de los rellanos, que desde esa perspectiva parecían pintadas en la pared.

Fueron recorriendo en silencio el trayecto vertical, piso tras piso. Todo el tiempo oían el chirriar de la escalera y otros ruidos más difíciles de describir: crujidos, chasquidos esporádicos, vibraciones extrañas... Como si un gigante amodorrado se desperezara, estirando su red inmensa de músculos y tendones, para quitarse de encima la pereza y entrar en acción.

Por fin llegaron. Tenían las manos rígidas y heladas, pero estaban sanos y salvos.

El ascensor estaba parado justo en el piso treinta. Olga lo enfocó con la linterna: no había nadie agarrado debajo, nadie comparable al que saltó encima y asustó a los mellizos del piso catorce.

—Míralo —dijo—. Cuántos pasos nos habríamos ahorrado...

—Este viaje teníamos que hacerlo a pie —murmuró Álex.

—Solo hemos de abrir la puerta y salir al último rellano.

—¿Estás segura?

—¿De qué?

—¿Cómo podemos saber que no hay más de una entreplanta? —insinuó él, inquieto.

—Yo también estoy asustada, Álex.

Él se esforzó para que no le temblara la voz:

—Abre la puerta y lo sabremos.

Olga iluminó la cerradura de la puerta, encajó la llave en ella y la giró.

Después le dio un empujón con toda la fuerza de su mano libre. La hoja se separó del marco con un chirrido que parecía de espanto, como si la hubiera pillado desprevenida.

Al otro lado no les esperaba ninguna persona ni, por suerte, ninguna otra cosa.

Salieron del pozo y se apresuraron a cerrar de nuevo la puerta con llave. En cuanto quedaron convencidos de

la solidez del suelo, del techo y las paredes, miraron a su alrededor, deslumbrados.
Olga suspiró aliviada.
—No hay ni un alma —dijo.
—Ahora hay dos —repuso Álex.
—Nosotros estamos bien vivos —replicó ella—. Espero que para toda la vida.
Se sentaron a descansar en un escalón. A medida que sus músculos se distendían y su organismo se desaceleraba, el frío se iba apoderando de los dos. Era mucho más intenso que el que hacía en los pisos inferiores, como si hubieran alcanzado la cumbre de una montaña nevada. Y todavía nevaba copiosamente, como pudieron ver a través de la claraboya.
—Todo lo que nos ha sucedido hasta ahora... —murmuró Álex—. Me cuesta trabajo creerlo.
—Y a mí.
—¿Hemos estado en la entreplanta? ¿Hemos encontrado a esos vecinos?
—Lo recuerdo todo —contestó ella.
—¿No lo hemos soñado? ¿O alucinado? —insistió Álex.
—Puede ser —admitió Olga—. No sería el primer caso de *folie à deux*.
—¿Locura doble? —tradujo Álex.
—Locura a medias —tradujo ella—. Dos personas que comparten las mismas alucinaciones.
—Se tienen que entender muy bien, para enloquecer a medias.
—Igual que nosotros, ya te lo dije —le recordó Olga—. Por eso hemos llegado tan lejos.
Estuvieron un rato callados. Había un silencio espeso como la nieve que cubría calles y tejados.

—No sé si el intruso es una alucinación doble, o triple, o múltiple —dijo Olga por fin–. A lo mejor es una pesadilla colectiva de todos los vecinos. Ni idea. Lo único que tengo claro es que existe de un modo u otro.

Álex se quedó pensativo, sin decir palabra.

—Yo también —admitió, al cabo de unos momentos.

—No sé lo que vamos a hacer ahora, porque no hemos previsto nada —añadió Olga—. Pero me parece que ha llegado la hora de la verdad.

—*Foi à deux* —dijo Álex—: Hemos de tener fe el uno en el otro. Es lo único que pueden hacer dos personas que han enloquecido juntas.

DOCE

La azotea era un bosque de paraguas.

Estaban todos: el hombre del segundo piso, las hermanas del tercero, la niña de las zapatillas en forma de tiburón, los ancianos que bailaban, el chico que no podía parar de reír. Al único que no reconocieron fue al ciego, porque no le habían visto, pero sintieron claramente la presencia de sus ojos.

También estaban los padres de Álex y los abuelos de Olga. Todos llevaban paraguas blanqueados por la nieve acumulada: parecían una colección de estatuas de significado enigmático. Había muchas más personas, la azotea estaba llena a rebosar, todas inmóviles bajo los paraguas nevados, bajo la nieve que no cesaba de caer. Álex pensó que también debían de estar los que parecía que no estuvieran, los espías que miraban por las mirillas. Percibió sus miradas esquivas pero escrutadoras, ocultas bajo el techo de paraguas.

Nadie habría entendido lo que significaba esa multitud petrificada, soportando en silencio la nieve de una madrugada de invierno.

No hacían más que observar a Álex y a Olga con expresiones oscuras e indescifrables. Nadie abría la boca ni

hacía preguntas; nadie les dirigía la palabra ni les llamaba: ni siquiera los padres de él o los abuelos de ella.
Era como si esperasen alguna cosa que se hacía esperar.
Álex y Olga pasaron por delante de ellos, abrumados por la vaciedad famélica de sus miradas, horrorizados por la indiferencia de sus parientes.
—*Folie à deux* —murmuró Olga con un hilo de voz—. No puede ser otra cosa.
La multitud les siguió con la mirada mientras se dirigían a la sala de máquinas. Sus pisadas quedaban impresas en la nieve intacta y se borraban enseguida, como si tuvieran que pasar por ese momento sin dejar huella.
La sala de máquinas del ascensor era una construcción de cemento armado, parecida a un búnker, empotrada —o más bien enquistada, como su presunto habitante—, en un rincón de la azotea.
La nieve había cubierto el tejado gris y hacía resaltar amenazadoramente la puerta de hierro, que parecía aislada y solitaria en mitad de la noche.
Olga hizo un esfuerzo para mirar hacia delante, rehuyendo la atracción magnética de los ojos de la multitud.
—Ahí está la llave —observó—. No hará falta que llamemos.
La descolgó de su caja («PELIGRO. SOLO PERSONAL AUTORIZADO») y se quedó mirándola fijamente.
—¿Qué te pasa? —susurró Álex.
Ella se mordió el labio y meneó la cabeza.
—No puedo —dijo—. No puedo abrir esta puerta.
Seguía moviendo la cabeza, muy rígida, hasta que Álex se dio cuenta de que era un temblor que sacudía todo su cuerpo.
—Cálmate, Olga —le dijo, impresionado por esa repentina pérdida de aplomo—. Ya la abriré yo.

Ella soltó un suspiro brusco y trémulo: una bocanada de vapor que se perdió entre la nieve, como otro pedazo de su alma. El último que le quedaba, tal vez.

—No entiendo lo que espera toda esa gente —murmuró.

—Son los que piden deseos, Olga —dijo Álex—. Tú también podrías estar entre ellos.

Ella se volvió poco a poco y le miró. Tenía los ojos llorosos.

—Es verdad —admitió—. Yo también soy una de ellos.

—En algo hemos de creer, ¿verdad?

—Ya lo has dicho antes.

—Yo ya creo en los dioses protectores —dijo Álex—. Antes lo has adivinado. Esta noche he terminado creyendo en algo.

Olga le agarró del brazo.

—No puedo entrar en la sala de máquinas —dijo en un tono cargado de angustia—. Me da demasiado miedo.

—¿Te ha entrado un miedo repentino, esta noche? —preguntó Álex—. ¿Te has asustado al ver a toda esa gente?

Ella movió la cabeza para decir que no, y luego que sí, como si la dominaran impulsos contradictorios.

—Sí y no —contestó—. Las máquinas siempre me han dado miedo, y las que están escondidas todavía más. Son las que lo mueven todo, unas máquinas secretas que solo pueden ver y entender determinadas personas. Es como si a nosotros no nos estuviera permitido mirarlas. ¿Me comprendes?

—Son máquinas y nada más —respondió Álex.

—No lo creo —murmuró ella con la voz trémula—. Esta gente se ha dado cuenta. Por eso están aquí, porque saben que esta noche las máquinas funcionarán de otra forma.

—¿Y tú? —preguntó Álex—. ¿También lo crees?
Ella afirmó con la cabeza, mordiéndose el labio.
—¿Por eso no quieres entrar en la sala de máquinas?
—Por eso —admitió—. Me siento como el vecino de antes: en este momento quisiera ser ciega, para no tener que ver lo que ocurrirá al otro lado de esta puerta.

Álex le tocó la mano con la que ella no dejaba de estrecharle el brazo.

—No tienes por qué que verlo, Olga —dijo—. Entraré solo, si quieres. Echaré un vistazo y volveré a salir.

—¿Estás seguro de que volverás a salir?

—Nos hemos escapado de la entreplanta, ¿no te acuerdas?

—Pero el intruso no estaba allí.

—Y aquí arriba tampoco, Olga —dijo él, tranquilizador—. Ya lo verás. Tú misma has dicho que la leyenda la hemos creado nosotros. Esta gente ha venido impulsada por los rumores. Puede que muriesen dos niños, cincuenta años atrás, pero eso ocurre en todas partes, continuamente.

—Seis por cinco, treinta —murmuró ella—. ¿Te acuerdas? Siempre le toca a alguien. Cuando las máquinas se ponen en marcha, los dados empiezan a girar.

Álex la miró y frunció el ceño, como si empezara a perder la paciencia.

—Dame la llave, Olga —dijo—. Quiero entrar enseguida y terminar de una vez.

—¿Y tú? —dijo ella de pronto—. ¿Dejarías algún deseo en el buzón?

—¿Por qué me lo preguntas?

—Por favor —insistió—. ¿Cuál es tu deseo más profundo?

—Tengo muchos deseos —admitió él.

—¿Pero el más sincero y profundo?
Él se tocó la cara con las puntas de los dedos, como si quisiera revivir alguna caricia remota.
—Mis padres —murmuró—. Que volvieran a estar bien.
—Inténtalo —dijo ella—. No tienes nada que perder.
—¿Quieres que lo escriba en un papelito y lo ponga en el buzón?
—No tienes nada que perder —repitió ella.
Álex respiró hondo.
—Vale —dijo—. Cuando salga bajaremos al vestíbulo y lo haré. ¿De acuerdo?
Ella negó con la cabeza.
—No entres en la sala de máquinas, Álex —dijo con los ojos brillantes.
Él la miró desconcertado.
—A mí las máquinas no me asustan.
—Por eso.
—¿Qué quieres decir?
—Que no te darás cuenta de nada hasta que ya sea tarde —respondió ella tétricamente.
—Ahora ya empiezo a asustarme.
—Es lo que pretendo, asustarte.
—Dame la llave, Olga —insistió Álex—. No hagamos esperar más a esta gente. Entremos juntos, si lo prefieres. No iremos a separarnos en el último momento, ¿verdad? Entremos juntos, ¿vale?
Ella rompió a llorar desconsoladamente.
—¡Olga! —exclamó él, alarmado—. ¿Qué tienes? ¿Qué te pasa?
—Es que no puedo entrar contigo —dijo ella entre sollozos.
—¿Cómo que no puedes?

—No puedo, no puedo...

Y siguió repitiéndolo con voz casi imperceptible, como si rezara.

Álex le tocó el hombro con delicadeza, para indicarle que no hacía falta insistir más.

—Vale, Olga. Ha quedado clarísimo. Cálmate, ¿quieres? Entraré solo. Lo comprendo. Este sitio da miedo. Entraré solo, pues. Y tú me esperarás, ¿verdad? —Le pasó el brazo por los hombros—. Será un momento... Dos minutos... Volveré enseguida...

—¿Lo ves? —dijo ella, quitándose las gafas y enjugándose los ojos con los dedos—. Tienes que entrar solo. Está clarísimo. Está... —vaciló, como si no osara utilizar esa palabra—. Está escrito.

Álex no sabía qué hacer, pero algo le decía que ella estaba en lo cierto: el impulso de entrar en la sala de máquinas se estaba volviendo irreprimible. Sentía oscuramente que era el único desenlace posible, la única forma de poner fin a esa situación que se desbordaba por momentos como las lágrimas de Olga.

—El destino no existe —trató de justificarse—. Nada está *escrito*, como dices tú. Los deseos del buzón no son más que palabras. Mi madre lo dijo una vez: solo existe el azar. Las personas se unen y se separan por obra del azar. Nada más.

Le cogió la llave de las manos. Ella no hizo nada para impedírselo, como si se hubiera dado por vencida.

—Espérame aquí, Olga —le dijo—. No tardaré nada. Te pido que no llores más por mí, por favor...

Ella levantó la cabeza y le miró con los ojos anegados en lágrimas.

—Es que también lloro por mis padres —dijo con la voz ronca y húmeda—. Lloro porque les perdí, y lloro porque te perderé a ti. Las cosas no pueden ser nunca como desearías que fueran. Siempre hay algo a lo que tienes que renunciar, siempre tienes que hacer un sacrificio.

Álex la cogió por un brazo, con suavidad, y le pasó la mano por el pelo.

—¿Olga? —dijo—. No voy hacerme esperar. Volveré enseguida.

Encajó la llave en la cerradura de la sala de máquinas y abrió la puerta.

TRECE

Cuando Álex encendió la luz de la sala de máquinas, Olga miró hacia dentro por un instante —un arrebato de curiosidad morbosa—, y enseguida se arrepintió de haberlo hecho.

Lo que vio ya lo conocía: lo veía a menudo en sus peores pesadillas.

En el interior de ese claustro de cemento se alzaban dos ruedas rojas que sobrepasaban en dos metros a Álex. No estaban quietas, sino que giraban sin parar: ella ya sabía que las máquinas llevaban largo rato trabajando. Giraban despacio con un estrépito sordo, que sonaba como el latido que atormenta el cerebro durante un ataque de migraña. Esas dos ruedas monstruosas tenían un esqueleto titánico formado por radios triangulares, por los que se escurría una grasa reluciente y humeante. Esta grasa chorreaba de unos haces inmensos de cables de acero, enrollados en el cuerpo de las ruedas, y humeaba, casi hirviendo, a causa de la terrible fricción a la que estaba sometida. Olga olió su pestilencia inmunda, una mezcla de herrumbre y pescado podrido, y estuvo a punto de vomitar.

Las ruedas se hundían en trincheras y dejaban caer los cables pozo abajo, entre chirridos ensordecedores. Estaban montadas en soportes oxidados, a los que se aferraban tornillos negros y descomunales como una fauna parásita. Los soportes temblaban y crujían bajo la tortura discontinua pero constante del eje que los atravesaba de un lado a otro. Los ojos de Olga quedaron atrapados en los radios de las ruedas, y por un momento alucinante le pareció que su mirada se rompería en pedazos como si tuviera cuerpo.

Fue entonces cuando cerró los ojos, pero las máquinas terribles ya se habían grabado en sus retinas. Allí siguieron girando con precisión fotográfica, imborrables, cada vez a más velocidad, y entre los radios empezó a vislumbrarse el verdadero rostro que se escondía en ellos.

Era el rostro de la presencia voraz y desesperada que había intuido en vecino ciego en la entreplanta. Era el rostro corrupto del dios protector consumido por el aburrimiento. Sus facciones terribles y peligrosas se dibujaban cada vez más nítidas en la mente de Olga. Los cables de acero se volvían de carne y se bifurcaban en mil direcciones distintas, entrando y saliendo de los ojos del intruso convertidos en dados, y los ojos de los dados se transformaban en más ojos, en ojos infinitos que lo veían todo, en miles de mirillas que espiaban, y los cables se trenzaban en el aire y hacían nudos en el vacío, tratando de atrapar aquello que se hacía esperar tanto, pero que estaba a punto de llegar.

Olga no podía cerrar sus ojos interiores: como había visto lo que no quería mirar, estaba condenada a contemplarlo hasta el último instante.

El instante de la revelación.

En la rueda transformada en cara monstruosa se sobrepuso la otra, la que giraba en sentido contrario. Los radios tomaron la apariencia de dientes descomunales, encajadas entre dos labios separados, que se torcían hacia arriba formando una sonrisa, y este daba paso a una risotada convulsiva.

Olga no tuvo la menor duda: no era una risotada incomprensible como la del chico de la silla de ruedas, aunque tenía el mismo origen en el pozo oscuro donde nacía la locura y morían los sacrificados.

Era la carcajada exultante de los que ven satisfechos los deseos que se han hecho esperar largamente.

En cuanto lo comprendió, Olga se volvió bruscamente dando la espalda a la sala de máquinas. Se tapaba los ojos, se los oprimía con los puños cerrados, como si quisiera ahogar esa visión terrible.

Detrás de ella no oía nada más que el rugido sordo de la maquinaria, que también empezaba a confundirse con el eco de una risotada lejana.

Se destapó los ojos para taparse los oídos, y entonces pudo ver que la multitud se le había acercado.

La observaban a través de la nieve que seguía cayendo, pero su mirada colectiva había cambiado: todavía era ansiosa y famélica, pero reflejaba cierta expectación, una vaga esperanza. Tenía un aire sutilmente interrogativo.

Ella se enjugó los ojos y se puso las gafas con las manos temblorosas. Los cristales estaban empañados y sucios, así que veía a la gente un poco borrosa, como un espejismo que se termina de concretar.

A pesar de todo, vio claramente que avanzaban hacia ella. Tenían la cara medio cubierta bajo los paraguas inclinados, como si se dispusieran a hacer algo de lo que se avergonzaran.

Entre la nevada y la oscuridad, y la gente que la iba rodeando, no se pudo formar una idea de lo que estaba ocurriendo. Tuvo la impresión, de un modo confuso, que alguien cerraba la puerta de la sala de máquinas, dando un portazo, y que después echaba la llave. En ese momento la daba vueltas la cabeza, y estaba mareada, y los ruidos se mezclaban con las voces y las carcajadas y los sollozos —de ella o de otra persona—. No sabía con certeza si Álex había salido o no de la sala de máquinas. Le fallaban las piernas y estaba a punto de perder el conocimiento.

De pronto cayó desplomada sobre una colchón de nieve, sobre una hilera de pisadas que se interrumpía delante de la puerta cerrada, y que su caída terminó de borrar definitivamente.

Como si nunca hubieran existido.

Cuando abrió los ojos ya no nevaba. El cielo se había despejado y había una luna blanquísima, como si también estuviera cubierta de nieve. Alguien le había abrochado el anorak y le había puesto la capucha. Estaba tendida debajo de un paraguas negro muy grande, en un rincón de la azotea. Tenía escalofríos y le dolía todo el cuerpo, como si en vez de caer sobre la nieve mullida hubiera caído sobre hormigón.

Reinaba un silencio absoluto, y la azotea parecía desierta. No quedaba ni una pisada de la multitud: el suelo era una alfombra blanca y lisa, completamente virgen. Se diría que la nieve había borrado todas las huellas, como si esa multitud no hubiera existido nunca.

Pronto se dio cuenta de que no estaba sola. A su izquierda, a poca distancia, bailaban en silencio dos parejas. Habían improvisado una pista de baile abriendo un claro en la nieve. Vio que cada pareja estaba unida por un hilo.

Eran los ancianos que habían perdido a sus hijos, cincuenta años atrás, que bailaban a la luz de la luna.

Olga se levantó a duras penas, pero estaban tan distraídos y absortos en la música que no se dieron cuenta.

A paso vacilante —mareada y con las piernas débiles—, se dirigió a la sala de máquinas. Encontró la puerta cerrada. La llave no estaba en su sitio.

—¿Álex? —llamó, llamando a la puerta. Tenía la garganta seca y dolorida.

La llamada se perdió en la espesura de la plancha. Se aclaró la voz.

—¿Álex? —repitió. Al otro lado se oía un zumbido, una especie de latido remoto, pero también podía venir del interior de su cuerpo.

No se sintió con fuerzas de insistir. Estaba demasiado débil y desmoralizada.

Empezó a hablar sola. Se imaginaba que lo hacía en voz alta, pero en realidad hablaba para sus adentros, una especie de monólogo interior desconsolado y febril.

Te avisé Álex mira que te avisé y ahora te he perdido y todo por culpa mía no tendríamos que haber hecho nunca la expedición nunca dijiste que un día se rompería el hilo que unía a tus padres y ahora se ha roto el nuestro no lo tenías que hacer Álex no teníamos que haberlo hecho...

Se dejó resbalar por esa puerta infranqueable, y al final cayó de rodillas sobre la nieve.

Notó que dos personas la cogían por los brazos con mucha suavidad y la ponían de pie.

—Ahora te llevaremos a casa, pobrecita —dijo una voz de mujer—. Te hemos encontrado desmayada, y hemos preferido esperar a que recobraras el conocimiento. Bailábamos para engañar el tiempo y el sueño.

—No te preocupes, cariño, que nosotros te cuidaremos —dijo una voz de hombre—. Vives en el piso dieciocho, ¿verdad?

Ella asintió con la cabeza.

—Conocemos a tus abuelos —dijo la mujer—. A veces bailamos juntos.

Olga dejó que la llevaran hasta la puerta de la azotea. Allí se añadió otra pareja, y entre los cuatro la acompañaron por las escaleras con mucho cuidado. Podrían haber tomado el ascensor, pero bajaron a pie. A lo mejor todavía estaba abierta la puerta por la que se habían introducido en el pozo.

—¿Saben algo de Álex? —les preguntó por el camino.

—¿De Álex? —dijo una de las mujeres—. No conozco a ningún Álex.

Los demás tampoco le conocían.

—¿Quién es Álex, cariño?

Ella meneó la cabeza. No tenía ánimo ni para hablar.

—Si algo te enseña la vida —dijo uno de los hombres—, es que hay que acostumbrarse cada vez más a la pérdida de las personas que nos importan.

—Pero si la muerte también te enseña algo —añadió su mujer—, es que hay que confiar en la posibilidad, por remota que sea, de volver a encontrarlas algún día.

CATORCE

Olga nunca había tenido una fiebre tan rara. Estaba tumbada en la cama, pero no recordaba cómo había ido a parar allí. Se daba cuenta de que había vuelto a pillar la gripe, pero era incapaz de establecer una continuidad entre la primera recuperación y la recaída, como si todo lo que había vivido en medio no hubiera ocurrido nunca.

Era la misma sensación que tuvo en la azotea, al ver la nieve lisa y sin huellas: el presentimiento de que aquella multitud no se había congregado nunca ahí arriba. A pesar de todo, no tenía la menor duda de que, de un modo u otro, había llegado a la azotea, y de que las cuatro personas que la habían encontrado formaban parte de esa multitud aparentemente imaginaria.

La fiebre le impedía conciliar el sueño, pero en vez de enturbiarle la cabeza, le provocaba una extraña claridad mental. Se imaginaba a los vecinos durmiendo en camas y habitaciones estrechas, en pisos esquemáticos como dibujos infantiles. Casados y con hijos la mayoría, parecía que jugaran a las familias en casitas de muñecas. Los unos tropezaban con los otros, las discusiones resonaban por el hueco de la escalera, y las relaciones morían asfixiadas por la claustrofobia.

Lejos de aquel edificio también dormía su constructor, pensaba Olga. Esa noche no tenía sueños dorados, como sería normal, ni soñaba que se cumplían sus deseos, porque ya no le quedaba ninguno pendiente. Esa noche, por motivos inexplicables, se le había despertado una antigua pesadilla que ya creía muerta y enterrada.

Era precisamente una pesadilla acerca de muertos y enterrados, acerca de pactos inconfesables con seres indescriptibles. Era el sueño en que se cimentaba su fortuna amasada a base de sacrificios.

Esa reflexión alrededor de las pesadillas la hizo entrar en el terreno de los sueños. Se imaginó que todos los vecinos soñaban que se despertarían y verían cumplirse sus deseos, como los críos que por la mañana encuentran los regalos de los Reyes en el salón.

¿Qué hacían, si no, congregados en la azotea? ¿No esperaban que tuviera lugar un sacrificio? ¿No intuían oscuramente la presencia de un dios que podría concederles todos los deseos? ¿No sospechaban que ya se había producido un primer sacrificio, limpio y casual a más no poder, y esperaban ansiosos el segundo, pero sin querer ensuciarse las manos, como simples espectadores pasivos?

Ella había sido la intermediaria entre los vecinos y el dios protector.

Ella había empujado a Álex al sacrificio.

De repente lo vio clarísimo, con una lucidez brutal que le revolvió el estómago y le encogió el corazón.

No lo había hecho aposta, desde luego. Se había limitado a seguir una serie de intuiciones que la habían llevado a conocer a Álex y emprender con él la expedición hasta la sala de máquinas.

Ella tampoco se había ensuciado las manos con la grasa de la maquinaria. En ese momento, sin embargo, comprendía con absoluta claridad que las máquinas habían estado en marcha desde el primer momento.

Una mujer abría los ojos y veía que su marido, que la abandonó años atrás, volvía a dormir a su lado. En la mesilla de noche había el paquete de tabaco, todavía sin abrir, que sirviera de excusa para huir de casa. No solamente había vuelto, sino que había dejado de fumar.

Deseos cumplidos, plegarias atendidas.

A un hombre que jugaba a la lotería desde hacía siglos le despertaba una voz radiofónica que gritaba su nombre: era el único que había acertado la combinación ganadora. Una suma astronómica que por fin le permitiría construir en la tierra los castillos que siempre había hecho en el aire.

Deseos cumplidos, plegarias atendidas.

Los ciegos recobraban la vista, las parejas se reconciliaban, los hijos enfermos de curaban, los equipos de fútbol ganaban las ligas, los padres y los hijos se volvían a entender...

Deseos cumplidos, plegarias atendidas.

Pero Olga lloraba en silencio, amargamente, tapada hasta la cabeza de vergüenza, como se tapaban los vecinos con los paraguas.

¿Cuántos deseos se cumplirían gracias a su traición? ¿Todos? ¿Algunos? ¿Solo uno?

No se podía confiar demasiado en un dios jugador y holgazán como aquel. A lo mejor cumpliría con el contrato, pero aplicando la ley del mínimo esfuerzo: un sacrificio, un deseo.

Olga derramaba las lágrimas más amargas de su vida.

No dejaba de revivir mentalmente la misma escena: Álex se despedía de ella con una sonrisa y le decía que no se haría esperar. Y después entraba en la sala de máquinas. Era entonces, en ese preciso momento, cuando ella le daba la espalda, en los dos sentidos de la frase. Y al volverse de espaldas a él veía las caras de los vecinos, y comprendía por fin la expresión ansiosa y famélica de su cara, su expectación, aquel aire sutilmente interrogativo. «¿Ya está?», preguntaban sus miradas. «¿Tendremos que esperar mucho tiempo?»

Atormentada por los remordimientos y la fiebre, pero exhausta de tanto llorar, Olga fue cayendo en un sueño que pronto se transformó en inconsciencia.

Era un sueño sin sueños, oscuro y profundo como el pozo del ascensor.

Entonces, hacia la madrugada, oyó que uno de los ascensores bajaba de lo alto del edificio y se detenía en su planta.

El ruido se infiltró en su sueño y la despertó de repente.

Se incorporó en la cama y escuchó con atención.

Las orejas le palpitaban, tenía la boca seca, la cara congestionada y le ardían los ojos.

Pero en ese momento se olvidó de su malestar y escuchó poniendo los cinco sentidos.

Oyó que se abría la puerta del ascensor, y luego la de casa. Oyó que entraban dos personas que se reían en voz baja. Oyó que dejaban en el suelo dos objetos duros y pesados. Al cabo de un momento le llegaron voces amortiguadas, exclamaciones sofocadas, más risas sordas. Le pareció que sus abuelos hablaban con alguien. La cabeza se le llenó de hipótesis. Se imaginó que podían ser los amigos aquellos, las dos parejas que la habían encontrado en la azotea. Pero no podía ser, ya que las voces no concordaban. Después pensó que eran los padres de Álex, que empezaban a buscar a su hijo desaparecido y hacían preguntas a los vecinos. Pero ellos no se reirían, claro. Y todavía menos en aquel tono un tanto achispado. Las hipótesis se multiplicaban, espoleadas por la fiebre y la inquietud. ¿Y si eran el constructor y una acompañante —porque se oía la voz de una mujer—, que habían ido a su casa para *interrogarla* sobre ciertas cuestiones? No. No. No era posible. Como tampoco era posible que fueran algunos de los vecinos que había conocido durante la expedición, que iban a preguntarle cuándo se cumplirían sus deseos.

No. No podía ser.

Las voces se iban serenando, adoptaban un tono más serio. Al final se callaron por completo y se formó un silencio espeso. Olga no oía más que el latir de sus oídos y el tic-tac del reloj de la mesilla de noche.

Entonces oyó pasos que se dirigían a su cuarto.

Los nervios y el miedo la atacaron súbitamente, y se tapó hasta la cabeza.

Pareció que los pasos tardaban una eternidad, como si obedecieran las mismas leyes que reducían la velocidad del ascensor.

Sin embargo, puesto que todo tiene un final, por último llegaron a su puerta, y Olga oyó como se abría.

Después le llegó un bisbiseo casi inaudible, atenuado aún más por el bramido de la sangre en sus oídos.

Olga no se atrevía a quitarse la manta de la cabeza y mirar quiénes eran las dos personas que acababan de entrar en su cuarto.

La dominaba una mezcla de pánico y vergüenza.

Se imaginó que la luz atravesaría la manta en cualquier momento, y entonces no tendría más remedio que destaparse y enseñarles la cara.

Y entonces vería la suya.

El cuarto, sin embargo, permanecía a oscuras.

Ellos aún estaban allí —Olga les seguía oyendo—, y continuaban hablando en susurros.

Uno de los dos se acostó en su cama —olía a vino— y le tocó la espalda con mucha suavidad.

Tuvo la impresión de que la mano permanecía una eternidad en su espalda. Esa noche todo parecía eternizarse. Llegó a creer que esa mano ya no se apartaría jamás, y que la escena se volvería inmutable, como esculpida en el tiempo. Sin embargo, puesto que todo tiene un final, por último oyó una voz mujer que decía su nombre:

—¿Olga?

Le sonaba mucho, esa voz, pero tenía que oírla de nuevo para asegurarse.

La mujer repitió su nombre, como si le hubiera leído el pensamiento.

—¿Olga?

—¿Mamá?

Creyó haber dicho esa palabra. En realidad se había limitado a pensarla. Sus cuerdas vocales no estaban en condiciones para pronunciar palabras como esa. Antes debía convencer a su mente de que tenían sentido.

La voz la llamó por tercera vez.

—¿Olga? —Y añadió—: ¿Estás despierta?

Ella se destapó, muy lentamente. Sus músculos también se resistían a colaborar.

«No creo en fantasmas», se iba repitiendo para sus adentros. «No creo en fantasmas».

El cuarto estaba sumido en la penumbra, pero delante de ella se encontraban sus padres. Vestían exactamente igual que el día del accidente, como si nunca se hubieran ido o hubieran regresado al cabo de un rato.

Hacía casi un año de ese accidente.

—Los abuelos dicen que te ha subido la fiebre —murmuró aquella mujer idéntica a su madre—. ¿Cómo te encuentras?

Olga se pasó la lengua por los labios. La escena también parecía congelada: la madre inclinada ante ella, y el padre de pie en segundo término. No le salían las palabras, pero se esforzó para hacerles una pregunta crucial:

—¿Qué os ha ocurrido?

Sabía perfectamente la respuesta: los dos habían muerto en un accidente aéreo. Pero no era aquello lo que quería oír, y le constaba que no iba a oírlo.

Su padre, en segundo término, soltó una risita.

—No te lo vas a creer —contestó con voz estropajosa.

—Nos hemos quedado encerrados en el ascensor —respondió la madre, tapándose la boca como si se sintiera avergonzada. Olga volvió a oler un vaho a vino.

—¿Qué? —exclamó.

—Así como lo oyes —dijo la madre.

—Hemos perdido el avión —añadió el padre, riéndose por lo bajo.

—Hemos pasado cuatro horas atrapados en el piso treinta —continuó la madre—. El timbre de alarma no sonaba.

—Este ascensor siempre hace cosas raras —intervino el padre—. Pero esta se lleva la palma. Luego se ha vuelto a poner en marcha como si nada, ha hecho el camino a la inversa y de nuevo nos ha dejado en casa.

—Gritábamos como locos, pero nadie nos oía.

—Como si estuviéramos en una cabina insonorizada.

—Tampoco lo hemos pasado tan mal —dijo la madre—. Ha sido toda una aventura.

—Estábamos estrechos, pero hemos conseguido montarnos una fiestecita.

—Con vino incluido, como puedes comprobar —admitió la madre.

—Nuestros amigos ingleses se quedarán sin Rioja —dijo el padre.

—Y sin nosotros —añadió la madre—. Mañana les daré un telefonazo. Seguro que se mondan de risa.

—Y mira que el avión me da claustrofobia —admitió el padre—. Si llego a saber que me quedaría atrapado en un ascensor...

—¡Pero si hasta hemos conseguido bailar! —dijo riendo la madre.

Olga casi no les oía. Estaba bañada en sudor, las mejillas le ardían y el bramido de la sangre empezaba a parecerse demasiado a una carcajada atronadora. No podía hacer más que mirarles con los ojos fijos y ardientes.

Hasta que se sintió con fuerzas para pronunciar una frase crucial:

—Vosotros estáis muertos —dijo, con una voz que no parecía la suya.

Ellos se callaron en seco.

—¿Qué? —exclamó la madre.

Olga se limitó a menear la cabeza. La sangre rugía en su interior como las olas al romper contra las rocas.

La madre se sentó en la cama y le tocó la frente.

—Tienes mucha fiebre —dijo alarmada—. No me extraña que tengas ideas delirantes.

Olga se disponía a contarles cómo habían muerto, y cuándo, pero se mordió la lengua. Algo le decía que solo serviría para asustarles aún más, que sería tan inútil como ponerse a hojear periódicos buscando noticias del «accidente», o ir al cementerio para encontrar las tumbas donde estaban «enterrados».

Sus padres habían vuelto a casa, y Álex se había ido. La vida se reducía a una serie de dilemas, renuncias y sacrificios. Sobre todo sacrificios.

QUINCE

La colección de «vidas paralelas» de Olga se había enriquecido con una verdadera joya: la historia del regreso de sus padres. No sabía exactamente de dónde habían regresado, ni si nunca se habían ido del todo, pero no hace falta decir que lo guardó en secreto. Eran cosas que solo se podían contar a personas de confianza, sobre todo si estaban un poco locas.

Los abuelos se marcharon —se habían quedado para cuidarla mientras sus padres estaban de viaje—, y Olga tuvo que guardar cama una semana entera. Finalmente, entre la fiebre y la confusión mental, no llegó a sondearlos para averiguar lo que opinaban de la reunión de vecinos en la azotea y su desmayo posterior. No obstante, tenía el presentimiento de que lo negarían todo y lo atribuirían a un delirio provocado por la fiebre.

Una vez se hubo repuesto casi por completo, Olga tuvo que sacar fuerzas de flaqueza para dar los pasos que la llevaron hasta el piso veinte —no cogió el ascensor— y llamar al timbre.

Le constaba que su esperanza no era más que un simple deseo.

Abrió la puerta una mujer. Como nunca había visto a los padres de Álex, no sabía si era su madre o no.

Era una mujer extraña. Tenía una cara rígida e inexpresiva, con la piel muy tirante.

—¿Qué quieres? —le preguntó.

Al hablar, movía los labios con dificultad. Saltaba a la vista que tenía la cara paralizada. Olga pensó que podía ser culpa de un accidente o de una operación fallida.

—¿Vive aquí un chico que se llama Álex?

La mujer le dirigió una mirada vacua y se limitó a negar con la cabeza.

—¿Y antes que viniera usted? —insistió—. ¿Lo sabe?

—Hace apenas una semana que me he instalado —explicó la mujer—. No sé nada de los inquilinos anteriores.

Olga lo entendió perfectamente: ella misma no conocía a un noventa por ciento de los vecinos, aunque llevaba toda la vida en ese edificio. Y a los únicos que conocía era de vista.

La puerta se cerró de nuevo y Olga se quedó mirando la mirilla con el espíritu ausente. Al cabo de unos segundos percibió un movimiento al otro lado: la mujer la estaba espiando.

Volvió a su casa muy nerviosa. La había inquietado esa cara inexpresiva, y ese ojo fijo clavado en la mirilla.

Siempre espiaban, esos vecinos. Era como si prestaran uno de sus ojos a las puertas para que mirase lo que ellos no se atrevían a ver. Siempre permanecían al margen. Siempre dejaban que los demás se sacrificaran por ellos.

Mientras bajaba las escaleras, seguida por ojos invisibles, Olga iba pensando en lo fácil que era desaparecer sin dejar rastro. Álex se había esfumado como aquellos dos chicos cincuenta años atrás. ¿Quién se acordaría de ellos?

¿Quién se acordaba de las personas que morían para que los demás pudieran vivir? De Álex no quedaba el más leve indicio. A pesar de todo, Olga reanudó sus investigaciones. Aún no había profundizado bastante en los misterios de los ascensores. La verdad, como decía la frase, está siempre en el fondo de un pozo.

Y dado que Olga era una chica que se tomaba las cosas al pie de la letra, un día bajó al pozo del ascensor para echar un vistazo.

Lo hizo de madrugada, cuando todo el mundo dormía. Primero se armó de valor y subió a pie hasta la sala de máquinas. Su puerta gris le cortó el paso como una mano amenazadora. Era un aviso que sobraba: no tenía la más mínima intención de abrirla. Y tampoco habría podido hacerlo, ya que la llave no estaba colgada en su sitio. En la caja roja («SOLO PERSONAL AUTORIZADO») no encontró más que la llave tubular que andaba buscando.

Con esa llave pudo abrir la puerta del ascensor en el rellano del primer piso. Y luego descendió al fondo del pozo, en busca de la verdad.

No había ninguna joya, suponiendo que las hubiera habido nunca.

O tal vez el intruso había saldado sus cuentas.

Inspeccionó el suelo a la luz de una linterna: cemento, colillas, monedas, envoltorios, cacahuetes.

Y una figurita de plástico. El dios Anubis, el hombre con cabeza de chacal. Yacía abandonado entre los desperdicios, indignamente, como si los dioses antiguos hubieran perdido todo su prestigio.

A Olga se le iluminaron los ojos al verlo, y después se le llenaron de lágrimas.

Podía ser un objeto perdido desde tiempo inmemorial. Ella, sin embargo, se lo guardó en el bolsillo, como si fuera una prueba y a la vez un talismán.

Llegó la primavera y el ascensor parecía funcionar como es debido. No le constaba que se hubieran producido incidentes particularmente notables. Olga empezó a cogerlo de nuevo al salir del instituto, y de vez en cuando se topaba con algún vecino.

Esos encuentros la incomodaban de un modo extraño. No era la típica incomodidad por el hecho de compartir una cabina estrecha con un desconocido.

Olga se sentía observada.

Tenía la desagradable impresión de que aquellos desconocidos le dirigían miradas de celos o de envidia. Era como si supieran algo que ella ignoraba. O como si la tomaran por una persona que no era.

O como si le atribuyeran poderes que no tenía.

El caso es que finalmente optó por prescindir del ascensor y subir a pie, aunque fueran dieciocho pisos.

Las miradas furtivas, sin embargo, tampoco se terminaron.

Las sentía en la nuca, a través de las mirillas.

Cada vez que le ocurría, estrechaba con fuerza al dios Anubis —instalado en el fondo de su bolsillo— para que la protegiera contra el mal de ojo.

Únicamente cogía el ascensor cuando podía viajar a solas, pero en esos casos tampoco estaba tranquila del todo.

Las miradas de los vecinos la hacían pensar en la entreplanta.

Era como si sus miradas le dieran a entender que estaban enterados de su existencia, que conocían la clave para llegar, y que en cualquier momento podían ir a parar a ella.

Era como si estuviera preparando otro sacrificio.

Olga procuraba no pensar en la entreplanta, ni en sacrificios, hasta que comenzaron de nuevo los incidentes.

Eran más bien microfenómenos que pasaban desapercibidos, pero que *pasaban* de todos modos, y para detectarlos solo tenías que estar alerta.

A veces se abría inesperadamente la puerta contraria del ascensor, mientras esperaba a alguien, y ponía al descubierto la pared del pozo. Era un pared ciega de ladrillos, que recordaba los nichos de los cementerios.

De vez en cuando, a medianoche, la despertaba el aullido de la alarma, pero apenas duraba dos segundos: exactamente como una falsa alarma.

Una tarde, mientras el ascensor la llevaba pozo arriba, percibió un olor nauseabundo al pasar entre dos plantas.

«Entre dos plantas», se dijo. Y un agujero negro se abrió en su mente, evocado por ese hedor a descomposición que había olido alguna vez, pero no quería recordar dónde.

Había otros microfenómenos aún más imperceptibles, como por ejemplo el modo en que el espejo del ascensor deformaba su reflejo; o las ligeras protuberancias que notaba al deslizar los dedos por las paredes de la cabina, como si hubiera mensajes escritos en una especie de braille. Incluso en ciertos momentos el espejo parecía volverse transparente, como si en vez de un espejo fuera una ventana.

Habría hablado gustosamente de estas cosas, pero no conocía a nadie de mentalidad lo bastante abierta para no tomarla por loca.

También era posible que estuviera perdiendo la cabeza, naturalmente. Ello explicaría las risotadas que oía en ocasiones, y que no sabía si venían de fuera o de su interior. Por más alerta que estuviera uno, era muy difícil percibir el instante concreto en que traspasaba la línea que separaba el juicio de la locura.

A lo mejor Olga ya la había traspasado hacía tiempo.

Entretanto, la gente seguía celebrando las victorias de su equipo con gritos de entusiasmo que resonaban por el hueco de la escalera. También resonaba el eco de las discusiones matrimoniales, y el de las peleas a voces entre padres e hijos.

A Olga, esos pisos le parecían cada vez más estrechos. Cada vez se asemejaban más a cabinas de ascensor. Cuanto más a nuestro alcance teníamos la inmensidad del mundo, más pequeños se volvían los pisos.

Olga empezaba a sospechar que la maquinaría volvería a ponerse en marcha muy pronto, ya que mucha gente se mudaba y sus pisos eran ocupados por inquilinos nuevos.

O a lo mejor eso también era un efecto de la maquinaria: hacer que se marchara la gente que sabía demasiadas cosas y acoger a los inocentes con los brazos abiertos.

Tal vez los dioses protectores trabajaban de esa forma.

Entre los inquilinos nuevos estaba la mujer de la cara paralizada. Solía encontrársela en el vestíbulo, inspeccionando los folletos de propaganda desparramados por encima de los buzones.

De vez en cuando, misteriosamente, le preguntaba por Álex:

—¿Qué? —le decía—. ¿Ya has encontrado a tu amigo?

Ella siempre negaba con la cabeza. Era incapaz de desentrañar las emociones que se ocultaban detrás de esa cara parecida a una máscara.

No obstante, no le fue muy difícil descubrir que pasaba largos ratos delante de los buzones.
Era su lugar predilecto del edificio.

Una noche —Olga casi siempre investigaba de noche—, bajó al vestíbulo y abrió el buzón de los deseos.

Le constaba que infringía uno de sus principios más estrictos —no fisgonear los secretos de los demás, a riesgo de salir mal parada—, pero los secretos de aquella mujer impávida le despertaban una curiosidad incontenible.

Así pues, metió los dedos en el agujero interior del buzón y sacó un buen puñado de papeles doblados.

En primavera germinaba todo, incluidos los deseos.

Fue leyendo de carrerilla los mensajes, y se fue enterando de los sueños y las miserias de los residentes.

Finalmente dio con el que buscaba.

Estaba escrito con tinta verde —esos detalles se aprendían pronto— y decía lo siguiente:

«Quiero curarme de la operación de cirugía estética que me dejó la cara paralizada».

«Una operación de cirugía estética», pensó Olga, mirándose en el espejo que había encima de los buzones. «Se quedó así al operarse la cara».

Volvió a doblar el papelito y a guardarlo en el buzón, junto con los demás.

Algunos rumores corrían muy deprisa, algunas cosas se aprendían pronto.

Le vino a la memoria una frase: «Si algo te enseña la vida, es que hay que acostumbrarse cada vez más a la pérdida de las personas que nos importan».

Después recordó otra, que parecía su complemento inevitable: «Pero si la muerte también te enseña algo, es que hay que confiar en la posibilidad, por remota que sea, de volver a encontrarlas algún día».

Olga se sacó una libreta del bolsillo, arrancó una hoja y apuntó en ella, con un bolígrafo verde que siempre llevaba consigo: «Quiero que vuelva Álex».

Después lo dobló y lo dejó caer en el agujero negro del buzón.

Se podían conseguir muchas cosas a base de sacrificios.

ÍNDICE

PRIMERO 9
SEGUNDO 15
TERCERO 22
CUARTO 28
QUINTO 33
SEXTO 42
SÉPTIMO 49
OCTAVO 53
NOVENO 61
DÉCIMO 69
ONCE 83
DOCE 88
TRECE 95
CATORCE 101
QUINCE 109